诺贝尔
文学奖

Nobel laureates
in Literature

作品
精选

插图版

许愿树

〔美〕威廉·福克纳／著

王晓敏／编译

海豚出版社
DOLPHIN BOOKS

CICG 中国国际传播集团

图书在版编目（CIP）数据

许愿树 /（美）威廉·福克纳著；王晓敏编译.
北京：海豚出版社，2025. 6. —（诺贝尔文学奖作品精
选）. -- ISBN 978-7-5110-7335-8

Ⅰ．I712.8

中国国家版本馆 CIP 数据核字第 20252PG859 号

许愿树

（美）威廉·福克纳　著　王晓敏　编译

出　版　人	王　磊	
责任编辑	刘　璇	
文字编辑	台文娟	
特约编辑	许秋玲	
封面设计	宋双成　蒋　飞	
责任印制	蔡　丽	
法律顾问	北京市君泽君律师事务所　马慧娟　刘爱珍	
出　　版	海豚出版社	
地　　址	北京市西城区百万庄大街24号	
邮　　编	100037	
电　　话	010-68325006（销售）　010-68996147（总编室）	
印　　刷	天津泰宇印务有限公司	
经　　销	全国新华书店及各大网络书店	
开　　本	710 mm×1000 mm　1/16	
印　　张	11	
字　　数	125千	
版　　次	2025年6月第1版　2025年6月第1次印刷	
标准书号	ISBN 978-7-5110-7335-8	
定　　价	39.80元	

开 篇 语

威廉·福克纳是美国文学史上最杰出的作家之一，同时也是意识流派文学的主要代表。1949 年获得诺贝尔文学奖，因为"他对美国当代小说作出了强有力和艺术上无与伦比的贡献"。

本书精选了福克纳的六篇短篇佳作，每一篇都如同一颗璀璨的明珠，折射出童趣的魅力、亲情的力量、战友的情谊和孩童的信念。在阅读中，我们不仅能够领略到文学巨匠驾驭文字的超凡功力，更能从中汲取宝贵的精神养分。阅读是我们认知世界的一种方式，在书中，我们可以领略自然风光，体验人文情怀，并发现社会及人性的闪光点。阅读，在我们心中撒下了"真善美"的种子。

在成长过程中，我们会逐渐对周围的世界产生好奇。可能会开始对某些事情产生怀疑，这是自我意识觉醒的标志，而非错误。我们可能会遇到困难和挫折，这是必然的经历，而非意外。这个时候，阅读就是我们最好的伙伴，它既是朋友，又是老师。在阅读中，我们可以通过一个个内容迥异却无比精彩的故事，学习到许多问题的解决办法。

《许愿树》为我们展现了帮助与关爱他人的力量，手握一片片许愿

树叶子，你会为谁许下愿望呢？我们渴望拥有正义、勇敢和善良这些美好品质。然而，生活中往往鱼和熊掌难以兼得，《烧马棚》则给我们提供了一个视角。故事讲述了一个小男孩在家族荣誉和正义之间挣扎的故事。尽管他年幼，未曾受过多少教育，对于是非对错尚存困惑，但他内心深处知道父亲的行为是不义的，这让他感到痛苦。在家族和正义的拉扯中，他最终选择了正义。伴随着清晨的鸟鸣和水声，他走上了属于自己的道路，坚定而无所畏惧。我们渴望拥有纯粹的友谊，却常会埋怨朋友无法理解自己，那么《调转位置》中两个主人公的友谊则会让人感动不已。一位空军战士与一位海军战士成了朋友，他们体验了对方的日常生活，并对自己的职责有了新的认识。福克纳笔下人物的内心世界复杂多变，情感细腻入微，这些心理和感情的波动贯穿于故事之中。除此之外，福克纳的小说还展现了他对空间和时间的精细把控，他对意识流技巧的运用，极大地丰富了小说在时间和空间表现上的可能性，这样的叙事结构使作品的可读性增强。同时，阅读福克纳的作品对读者的理解力和想象力也有了更高的要求。但是，要想跟随这样的文学领路人体验一场丰富的文学盛宴，当然需要付出一些努力，那便是认真与勤奋。消化完一部精彩的文学作品，就是对我们智识水平的一次提升。

可见，阅读是我们主动汲取知识的过程。通过阅读，我们可以理解并爱上书中人物的美好品质。就像握住了一根绳索，引领我们向上攀登。即使途中遭遇风雪，我们的决心也不会动摇。通过阅读，我们可以汲取营养，逐渐发现那些闪光的品质，从而变得更加优秀和强大。

阅读的真正意义，不仅在于获取知识，更在于通过对知识的学习和思考，增强我们的思维能力，开阔我们的视野，丰富我们的情感，深化我们的理解。它是一种生活的态度，一种对世界的探索，一种对自我的提升。通过阅读，我们能够更好地理解这个世界，也能够更好地理解自己，从而在这个复杂多变的世界中找到自己的位置，实现自己的价值。

如果我们在成长过程中拥有了这些美好的品质，我们就能在人生旅途中摆脱稚气与莽撞，如同一位真正的船长，微笑着站在船头，扬帆起航，劈波斩浪，驶向金色的彼岸。我们的未来，定将如繁星般璀璨，如锦绣般绚烂！

目录
Contents

许愿树

她还沉浸在睡梦中，但是却感觉自己好像已经苏醒，既像一个气球一样从睡梦中升了起来；又像一条金鱼躺在梦中的圆碗里，在温暖的水里上升，上升，直至升到顶部，然后她便醒了过来。

虽然已经醒了，但她并没有马上睁开眼睛，而是继续在温暖的被子里躺着。就像那个小小的气球还在她体内，变得越来越大，升得越来越高，要不了多久就会升到她的嘴边，然后从嘴里跑出来，蹦跳着弹到天花板上去。小气球正在不停地变大，她的身体、胳膊和腿都感觉到像针扎一样的疼痛，就好像刚刚吃了一整片薄荷。这到底是怎么回事？她一边想着一边紧紧闭着眼睛，尝试回想起昨天发生的事情。

"今天是你的生日。"耳边响起了一个声音，她"唰"地睁开了眼睛，出现在视野里的是一个陌生的男孩，男孩此时正站在她的床边。他的面庞瘦削而丑陋，还有一头火红的头发，红得扎眼，好像要将整个房间都映红了一样。他穿着一套天鹅绒西装，脚上套着一双红色的袜子和鞋子，还背着一个巨大的书包，那书包看起来空空的，好像没有装任何东西。

她吃惊地看着这个红发男孩，开口问道："你是谁呀？"

"我是莫里斯。"他的眼睛里闪烁着像火花一般的奇异的金色光芒，"你该起床了。"

她仍然躺着，四处张望。这确实是她的房间，但是这个房间里面除了她和莫里斯并没有其他人，这太奇怪了。以前她每天起床的时候，妈妈和迪克已经在房间里了，然后保姆爱丽丝就会进来帮她穿衣，准备上学。但是，今天谁都不在这里，只有这个眼睛里闪烁着金色光芒的陌生红发男孩站在她的床边。

"快起床。"男孩重复了一遍。

"我还没穿好衣服。"她说。

"你已经穿好了。"男孩说，"快起床。"

她掀开被子下了床，发现自己果然整整齐齐地穿着长袜、鞋子，还有一条崭新的紫色裙子，裙子上还配了一条丝带，看起来和她眼睛的颜色很相配。这时，红发男孩走到窗前，把脸贴在玻璃上。

"外面还在下雨吗？"她问道，"昨天晚上就在下了。"

"你过来看。"男孩说。她走到他身边，看见窗户外面黑黝黝的大树在雨中垂下了光秃秃的枝条。

"我还希望生日这天不下雨呢。"她用略带失望的语气说着，"我觉得雨会停的，你说呢？"

红发男孩瞥了她一眼，走过去推开了窗户。"哦，不要打开它！"她大声叫道，然后突然停住了。因为她发现随着窗户的打开，映入眼帘的不再是之前看见的雨水和冬日里黝黑的树木，而是一层轻柔的灰色薄雾，散发出紫藤花的香味。

"快下来，达尔西，快下来，达尔西。"她听到有个遥远、细微的声音在薄雾里呼喊着。她透过窗户的玻璃向外看去时，仍然只有雨雾和阴郁的黑色树木。但是，当她从打开的窗户看出去，却是轻柔的泛着紫藤花香的薄雾。她仔细一听，窗外那声音还在喊着"达尔西"。

"真的好奇怪啊！"她看着那个红发男孩说，他正在巨大的书包中翻找什么东西。

"因为今天是你的生日。"男孩解释说。

"但我之前的生日从来没有发生过这样的事情。"

"但这样的事情是有可能发生的。"男孩一边回答她，一边把东西从书包里拿出来。

"这就是生日之所以成为生日的原因，比如你在生日的前一天晚上，"那双闪着奇异金光的眼睛看了她一眼，"如果你上床睡觉时先伸出左脚，在睡前把枕头翻面，就可能有奇迹出现。"

"啊，我昨天晚上正好这么做了。"她说，"但刚才是谁在窗外叫我呢？"

"你为什么不看看下面呢？"男孩提议道。于是，她从窗户探出头去，探入那散发着温暖花香的薄雾中。这时，她看到了正抬头望着她的保姆爱丽丝、弟弟迪克和伙伴乔治。

"快下来，达尔西。"

"等等我！"她朝他们喊道。这时，红发男孩又出现在窗边，手里拿着一个六英寸长的玩具梯子。他将梯子放在嘴边，开始吹气，梯子立刻变得更大更长，但还无法够到地面。红发男孩继续鼓着嘴吹气，直到梯子变得越来越长，长到它的另一端抵住了地面。爱丽丝牢牢地扶住它，达尔西便顺着梯子爬了下来。

"终于起床了，你这个小懒虫！"乔治大声说道。迪克也在一旁跟着起哄："小懒虫，小懒虫！"他还小，喜欢学别人说话。

红发男孩也爬了下来，他弯下腰，按了一下梯子上那个小小的闪光按钮。梯子开始快速放气，不一会儿就变回了那个六英寸长的玩具梯子。男孩将它装回书包。"我叫莫里斯。"他简洁地说，用闪烁着金色光芒的眼睛打量着爱丽丝、迪克和乔治，"跟我走。"

那薄雾就像一个笼罩着他们的大帐篷，一阵暖风拂过，紫藤花香弥漫开来，他们穿过草坪来到街上，红发男孩停了下来："对了，我们怎么过去啊？走路、坐车或者骑小马？"

"小马！小马！"达尔西和乔治叫嚷起来。

迪克还不怎么会说话，吐字不清地跟着说："小马！小马！我想'吉'小马！"

"不，不可以。"爱丽丝说，"迪克和我不能骑马，还有达尔西，你也不行。"

"哦，爱丽丝！"

"不，不可以。"爱丽丝重复道，"你知道你妈妈是不会同意你骑马的。"

"你怎么知道的？"达尔西说，"她从来没说过我不能骑马。"

"她之前不知道你要这么做，当然不会说。我觉得就像现在这样走下去，不管想去哪里我们都可以走到的。"

"哦！爱丽丝！"达尔西说。

迪克仍然在旁边起哄："'吉'马，要'吉'马！"

"爱丽丝和迪克可以坐马车。"红发男孩建议道，"马车你不会害怕，对吧？"

"我想是的。"爱丽丝犹豫着说，"达尔西最好也坐马车。"

"不！我想要骑马。求你了，爱丽丝。"

"它们很温驯的，就在这儿。"红发男孩说。他把手伸进书包里，拿出一匹看上去比松鼠大不了多少的设得兰矮种马。小马的红色缰绳上挂着个银铃铛，背上还安着红色的马鞍。达尔西开心地尖叫着，迪克试图爬上男孩的腿。

"是我的！是我的！"乔治喊道，"第一个，我要第一个选！"

"我的小马，是我的！"迪克也尖叫道，"我要第一个选！"

"都等等，你们全都往后站。"红发男孩说着将小马举过他的头顶，那小小的蹄子在他手里刨动着。

于是，他们都往后退了一点儿，男孩跪着将小马放在地上，弯下腰开始用嘴对着马鞍的鞍头吹气。他一边吹，小马也一边变大，还不停地蹬着腿，摇着铃。小马慢慢变大，男孩直起腰继续鼓着嘴吹气，后来又站起来吹，小马越变越大。最后，他抬起了头。

"这个，"他说，"你看对你是不是足够了？"

"你是说给谁？"爱丽丝赶紧问道。

"我的！我的！"乔治和迪克一起叫道。

"不，是给达尔西的。"红发男孩回答说。

"那你就放点儿气吧。"爱丽丝立即说，"这对达尔西来说太大了。"

"不，不！"达尔西反驳道，"你看，爱丽丝，它多温驯呀！"她抓了一把青草喂给小马，小马边吃青草边欢快地摇着头，缰绳上的银铃也跟着叮当作响，她只好拽住缰绳。

男孩又从背包里拿出另外两匹小马来，迪克大叫道："要第一马！要第一马！"

"你的背包装了那么多东西，怎么看起来还像空的一样？"达尔西问道。

"因为我是莫里斯呀。"红发男孩回答道，"而且，生日这天任何事情都有可能发生。"

"哦……是这样啊！"达尔西对这个回答有些失望。红发男孩将这两匹小马也吹好了，他把缰绳交到乔治手里后，又从包中拿出了第四匹小马。这匹小马拉着一个柳条车厢，车厢上挂满了银铃，迪克看到后激动极了。红发男孩又开始吹气，爱丽丝在旁边紧张地看着。

"不要吹得太大了，这个是给迪克和我的。"她提醒道。

红发男孩继续鼓着嘴吹着。

"是不是太大了？"爱丽丝紧张地再次提醒着。

"爱丽丝希望它还没有兔子大。"乔治说，"可是如果它还没有兔子大，它连车都拉不动。"

红发男孩继续吹气，不一会儿就把小马和车厢吹到了合适的尺寸。"你们还得要一根鞭子。"他说，接着把手伸进了书包里。

"不，不用。"爱丽丝赶紧开口说，"我们不需要鞭子，你把它放回去吧。"

但是迪克已经看到了这条鞭子，当男孩将它放回书包时，迪克叫喊起来。男孩只好又把鞭子拿给迪克，上车后，迪克一只手牵着缰绳，另一只手握着鞭子。

"出发！第一马。"迪克尖叫道。

"是设得兰矮种马，亲爱的。"达尔西说，"没有第一马。"

"出发！设得兰矮种马。"迪克重新说了一遍。之后达尔西、乔治和红发男孩各自骑上他们的马，沿街前行。

当他们抵达街道尽头，路过最后一间房子时，突然就走出了薄雾。回过头，可以看到那团薄雾就像一顶灰色大帐篷一样在他们身后，但再看看其他地方，又是另一番景象：树木像在夏天时一样繁茂，草地绿油油的，蓝色和黄色的小花随处盛开。小鸟在枝头歌唱，从一棵树飞向另一棵树，阳光暖洋洋地照在三匹小马身上。三匹小马并排奔跑着，跑得越来越快，爱丽丝和迪克的马车被远远地甩在了后面。眼看马车越落越远，他们便停下来等。过了一会儿，马车终于追了上来。只见爱丽丝紧紧地抓着她的帽子，一脸紧张。看见爱丽丝这个样子，他们保证不会再跑这么快了。继续前进了一会儿，他们来到了一座灰色小屋前。屋前开满了玫瑰花，一个留着一把灰色长胡须的小老头儿坐在门口，正在削一块木头。

"早上好。"红发男孩礼貌地问候道。

"早上好。"小老头儿也礼貌地回答道。

"我们在找许愿树。"红发男孩说。

"在很远的地方。"小老头儿严肃地摇了摇头,"你们几个小孩子,不可能找到它。"

"我们可以在路上问问别人。"红发男孩说。

"可是,我们这里没人见过许愿树。"小老头儿说。

"那么,你也没见过许愿树了。既然这样,你怎么知道它在很远的地方呢?"红发男孩问道。

"哦,我不一样,我去过好多次。在你这么大年纪的时候,我几乎每天都去,不过我已经很多年没去过了。"

"你为什么不考虑和我们一起去,给我们指指路呢?"红发男孩提议道。

爱丽丝小声嘀咕着,达尔西听到后十分好奇,便问道:"你刚刚说什么?爱丽丝。"

"我说,我并不想这个老头儿和我们一起去,我敢打赌他只是个流浪汉。我想如果你妈妈知道了也不会同意的。"爱丽丝回答道。

"来吧,和我们一起。"红发男孩重复道。老人扭头小心翼翼地看了看屋里。

他合上刀,将它和正在雕刻的东西放进口袋;抬起头,又看了一眼门内。犹豫了一会儿后,他说:"我想我最好是能和你们一起走,给你们指路,因为——"

小老头儿的妻子突然冲了出来,把手里的熨斗砸向他,接着扔来一根看上去很重的擀面杖,随后是一个闹钟。

"你这个懒惰的老无赖！"她怒吼道，"就知道坐在那里和陌生人聊天，家里连一块烧饭的木头都没有了！"

"玛姬！"小老头儿大声喊着妻子的名字，试图阻止她再扔东西。不过，这看上去没用，他的妻子又冲到房间里向他扔了一双鞋子。他转身跑向房间的另一个角落，女人站在门里瞪着他。

"你们这些家伙，找不到比打扰别人更好的事情了吗？"小老头儿的妻子大声质问道，并且狠狠地瞪了他们一眼，"砰"地关上了门。

"我就说他靠不住！"爱丽丝气呼呼地说。

"好吧，那我们现在就赶紧出发吧！看来我们只能自己寻找许愿树了。"红发男孩说。

他们骑马离开小屋，穿过花园的篱笆。在经过篱笆的拐角处时，有人小心翼翼地叫住他们，他们看见小老头儿在一排番茄藤后探头探脑。

"她走了？"他轻声问。

"是的。"红发男孩回答说。小老头儿翻过篱笆，走出来。

"等我一下，我和你们一起走。"小老头儿轻声说，生怕被他的妻子发现。

于是，他们便躲在篱笆后等着他。小老头儿重新溜进篱笆内，捡起闹钟、擀面杖、熨斗，然后又原路返回，再次翻过篱笆，将东西藏在篱笆拐角处。

"这样我们回来的时候，她就不能再用这些东西扔我们啦。"他狡黠地解释。

"你可以和爱丽丝、迪克一起坐马车。"红发男孩说。达尔西发现爱丽丝又在小声嘀咕，便要她大声说出来。

"我说，迪克和我都不想和这个老头儿一起坐马车，你妈妈也不会同意的。"

"为什么我不能骑马呢？"小老头儿有点儿受伤地问道。

"让他坐马车，爱丽丝。"红发男孩说，"他不会打扰到你的。"

"我当然不会，女士。"小老头儿说，"我想都不会这么想。"

"爱丽丝，就让他坐马车吧。"他们一起说。

"那好吧，进来吧。"爱丽丝不高兴地说，"但你妈妈不会喜欢的。"

小老头儿矫健地跳上了马车，随后他们继续前进。

"我会用刀雕刻东西。"小老头儿说。

爱丽丝对此不以为然。

"你们的小马和马车挺好的。"小老头儿说。

"第一马。"迪克说。

"亲爱的，是设得兰矮种马。"达尔西再一次纠正道，"没有第一马。"

"我以前也有很多小马。"小老头儿说。

爱丽丝对此不以为然，开口道："我敢打赌，你除了那个熨斗，什么都没有。"

他们来到一个岔路口，红发男孩停下来问："我们现在该走哪条路？"

"那条。"小老头儿赶紧指着其中一条路说。于是，他们顺着小老头儿手指的方向继续前进。

"我们来的时候你在雕刻什么呀？"达尔西问道。小老头儿从他的口袋里掏出一块木头，他们都围了过来。

"小狗。"迪克说。

"蜥蜴吧。"乔治说。

"不，是条龙。"达尔西说，"是吧？"

"四不像。"爱丽丝说，"我猜，没有人见过有什么东西和这个相像。"

"所以到底是什么呀？"达尔西问道。

"我也不知道，"小老头儿回答道，"我不知道是什么，但我觉得这是一个基仆思。"

"什么是基仆思？"乔治问道。

"我也不知道，但我觉得这个看起来像是基仆思。"

"如果你都不知道基仆思长什么样，你又怎么能叫它基仆思呢？"

"是这样的。"小老头儿回答道，"和其他我见过的东西相比，它看起来更像基仆思。"

"我觉得这是个四不像。"爱丽丝说，"它不像我见过的任何东西，就算是在马戏团里，我也没见过像这样的东西。"

"你去过马戏团吗？"达尔西问小老头儿，"爱丽丝就去过。"

"我不确定，"小老头儿说，"我以前应该去过一次，很早很早以前，现在我已经不记得到底去没去过了。"

"在一个很大的帐篷里。"乔治说,"一个巨大得简直能装下我们家房子的帐篷,我多希望我也能有个马戏团帐篷。"

"帐篷上要插着旗子。"达尔西补充道,"五颜六色的旗子飘扬在帐篷顶端。"

"我也想去马戏团。"迪克说。

"我们以后可以去,妈妈上次说过了,爱丽丝会带我们去的。对吧,爱丽丝?"

"帐篷里还有乐队。"爱丽丝接着说,"还有一头大象,那头大象是我见过的最大的东西,有十匹这样的小马合在一起这么大。真的特别大!"

"我想去,爱丽丝。"迪克说。

"我也想去,亲爱的。带斑点的马,空中飞人……你们听见了吗,我现在是不是听到了乐队的声音?"

其实他们听到的是远处的号角声。他们继续前进,面前出现了一座巨大的灰色城堡。红发男孩又停了下来:"现在我们往哪儿走?"

"应该是那里。"小老头儿一边说一边指给他看。城堡上站着一个正在吹号角的士兵。他们路过城堡,又走了一段路,看到路边长着一棵古怪的树。

这棵树是白色的,他们第一眼看到它时,以为那是一棵正在开花的山茱萸。当他们走到树跟前,才发现它的叶子是白色的。

"真是一棵奇怪的树。"达尔西说,"这是什么树?"

"它是麦罗麦克斯树。"小老头儿回答道,"在这片森林里,这样的树有很多。"

"我还从来没见过长白色叶子的树，"达尔西说着，从树上摘下了一片叶子。当她摘下叶子的瞬间，这片白色的树叶突然变成了蓝色。看到这神奇的一幕后，每个人都去摘了一片树叶。乔治的树叶变成了紫色，红发男孩的树叶变成了金色，爱丽丝也摘了一片树叶，然后变成了鲜红色。她抱着迪克让他也去摘了一片，不过迪克的叶子看不出明显的颜色——有点儿像淡粉色和绿色，又有点儿类似达尔西那片树叶的蓝色。

"你的呢？"达尔西问小老头儿。他把他的叶子展示出来，和迪克的叶子差不多，只是一丁点儿蓝色也没有。

"那是每个人愿望的颜色。达尔西的愿望是蓝色的。迪克的愿望颜色不明显，是因为他还太小，等他长大一点儿，就会变成蓝色，因为他是达尔西的弟弟。爱丽丝的愿望是红色的，乔治的愿望是紫色的，我的愿望是金色的，至于你的——"他看着小老头儿说，"你和迪克很像，是因为你也没什么愿望。"

"所以，这棵树就是许愿树吧。"达尔西说。

"不是。"小老头儿反驳道，"这棵不是，我见过很多次许愿树，这只是一棵麦罗麦克斯树。"

"那去找许愿树要怎么走呢？"红发男孩问道。

"那边。"小老头儿立即说。他们又朝着那边继续前进。

"这真是一条无止境的路。"乔治说，"我好饿。我真想有个三明治吃。"接着，乔治惊讶得差点儿从他的小马上掉下来，因为他手中真的出现了一个三明治。乔治看了看这个三明治，闻了闻，然后咬了一口，就欢快地嚼了起来。

"我也想有东西吃。"迪克说，在他说话的瞬间，他的手里也多了个"东西"。

"你手里是什么？亲爱的。"爱丽丝问道。其他人也都围了过来。

"这到底是什么东西？"达尔西问道，红发男孩断了一小块下来尝了尝。

"什么味道？"大家纷纷追问。

"吃上去不像任何东西。"男孩回答道，"因为它不是任何东西，这是'某些东西'。也正是迪克说的他想要的，你们看——他没有明确说要面包或者糖，他只是说了他想吃'东西'。"

"我想要巧克力。"迪克刚说完，一块巧克力立刻出现在他手中。

"爱丽丝，你知道他不能吃巧克力的。"达尔西说。

"是的，亲爱的。"爱丽丝说，"你想要的不是巧克力，对吧？"

"我想要巧克力。"迪克固执地说。

"你最好还是要别的东西。来，把巧克力给我。"爱丽丝试图从迪克手里拿走巧克力，当她这么做的时候，巧克力消失了。

爱丽丝震惊地跌坐在地上，接着看向小老头儿。

"你，老头子！"爱丽丝大声说，"快把巧克力还给我，听到没有？居然从小孩儿手里抢巧克力。快还给我，马上！"

"什么？"小老头儿惊讶地说，"我没有，是你自己拿的。"

"你竟敢对我恶作剧！"爱丽丝大喊道，"不是你拿的，难道巧克力自己飞走了吗？"

"够了，爱丽丝。"达尔西说，"他没有拿。"

"肯定有人这么做了，而他离我最近。"爱丽丝盯着小老头儿说。

"它只是消失了。"红发男孩解释道，"许愿的是迪克，所以当爱丽丝试图拿走时，它就消失了，因为爱丽丝并没有许下想要巧克力的愿望。"

"好吧，我并不喜欢现在发生的怪事，我觉得我们还是回家吧。"

"我饿，"迪克说，"我想要——"

"你难道不想要一些面包、黄油和糖果吗？"达尔西赶紧引导迪克，"或者饼干？"

"饼干。"迪克说，于是，他的两只手里分别出现了一块饼干。

"啊，这些事情还不算神奇吗？"达尔西大喊道，"刚刚那个一定是许愿树。"

"不，不。"小老头儿说，"我最清楚许愿树了，刚刚的那棵树真的就只是麦罗麦克斯树。"

"好吧，不管那是什么，我也饿坏了。让我们停下来，许愿自己想吃的东西吧。"红发男孩提议道。于是他们停下来，拴住小马。

"现在，达尔西，你第一个来吧。"

"我想要，我想要……让我想想我要点儿什么。啊，好了，我想要一些豌豆、手指饼干还有一个鳄梨和一杯巧克力牛奶。"一说完，这些东西就出现在了达尔西面前的草地上。

"现在轮到迪克了。"红发男孩说。

"爱丽丝，你得帮他。"达尔西说，"你想要什么，亲爱的？"

"你想要些米饭和肉汤，对吧，亲爱的？"爱丽丝问道。

"想要米饭和肉汤。"迪克说，这些食物也出现在了他面前。

"现在是乔治。"红发男孩说。

"我想要特别多的草莓和巧克力蛋糕，多到我吃完能病一个星期。"乔治话音刚落，他面前就出现了一大碗新鲜草莓和一整个巧克力蛋糕。

"轮到爱丽丝了。"红发男孩说。

"我想要火腿、肉汤、玉米面包，还要一杯咖啡。"爱丽丝刚说完，它们也出现了。

"现在轮到你了。"红发男孩对小老头儿说。

"我想要苹果派和冰激凌。"小老头儿说，"我们家没多少冰激凌。"

"现在轮到我了。"红发男孩说，"我想要一些热姜饼和苹果。"

每个人都获得食物后，他们坐在地上吃了起来。

"乔治，你要是把蛋糕和草莓全吃光，你会生病的。"达尔西说。

"无所谓。"乔治咕哝着说，"那正是我想要的。"

他们都吃完后，又骑上了小马。红发男孩转向小老头儿问道："是哪条路？"

"那条。"小老头儿回答道，并用手指着，他们继续从森林穿行。

"真希望我刚才没吃那么多东西。"乔治说。

"我希望我们马上就能找到许愿树，我只有这个愿望。"达尔西说。

过了一会儿，又出现了一条岔路。

"那条。"小老头用手指着说，他们接着往前走。

"我觉得不太舒服。"乔治说。

"怎么又是那棵白色的树。"达尔西惊讶地说，"我们又回来了。"

"不，没有。"小老头儿说，"那不是同一棵树，那是另一棵麦罗麦克斯树。这种树在这片森林里遍地都是。"

"我也觉得这就是同一棵树。"红发男孩说。

"我也这么认为。"爱丽丝赞成道，"我不相信他比我们更清楚许愿树到底在哪里。你以前真的见过许愿树吗？"

"我曾经去过一百次以上。"小老头儿回答道，"我确定以及肯定我知道它在哪里。"

"你以前真的去过吗？"达尔西问道。

"我发誓我真的去过。"小老头儿说，"在我小时候我每天都去，如果我骗你，就让我遭报应。"

"好吧，不过在我看来，这确实是同一棵树。"红发男孩说，"现在往哪里走？"

"你们能不能不要搭理他了。"爱丽丝说，"关于那棵树到底在哪儿的事情，他看起来还没有我懂得多。"

爱丽丝小声嘟囔，达尔西问道："你刚刚又在说什么？爱丽丝。你能说大声点儿吗？"

"我说，他连一个老流浪汉都不如，我刚刚就是在说这个。"她转过去瞪着小老头儿，小老头儿只得蜷缩在马车角落。

"如果我能有一把枪。"他对迪克说，"我们现在就能打一些松鼠和小鸟了，是吧？在这个森林里能打到很多猎物。”

"我想要一把枪。"迪克说，爱丽丝尖叫着举起手，因为迪克手里真的出现了一把枪。这把枪对迪克来说太大了，他拿不稳，然后枪掉在了小老头儿的脚边。

"你——"爱丽丝再次尖叫起来，"你，年轻的红发小子，你赶紧带我们回家。在这个老傻瓜杀掉我们之前，你过来把枪拿走。你看看他，拿着一把枪对准我和迪克。"

"够了，爱丽丝！"达尔西大叫道，"他并没有这么做，枪是迪克许愿得到的。"

"我不管是谁的愿望，你别看他坐在那里笑呵呵的，其实，他是在等一个机会好杀掉我们所有人。"她转过身盯着小老头儿。

"实话实说，女士。"小老头儿说，"我永远不会这么做，我甚至想都不会这么想——"

"闭嘴，把这把枪扔出去。"

小老头儿不再说话，他弯下腰去捡枪，而当他碰到枪的那一刻，枪就消失了，因为这并不是他许愿要的。"啊，"爱丽丝说，"枪呢？在哪里？在我叫警察之前，把它从你的衣服口袋里拿出来。"

"爱丽丝，"达尔西大喊道，"你没看见它消失了吗？它消失了，爱丽丝。他并没有许愿说要枪，是迪克说的要枪。"

"我们马上就回家，你告诉那个红发男孩选第一条路，所有事情都让我无法忍受。"爱丽丝嘟囔着，而他们继续行进着。当他们再次来到灰色城堡前时，看见一些行军的士兵正在通过城门。

"快看那些士兵。"达尔西说。

"我觉得很不舒服。"乔治说。

士兵们正在行军，他们穿过城堡，队伍最前方打着一面旗。

"一个士兵的生活真是太艰难了。"爱丽丝说，"不过，我曾经有个丈夫就是士兵……"

"我想要一个士兵。"迪克说。当然，这个愿望也实现了，一个士兵出现在了大家面前。

"你……"爱丽丝冲着士兵大喊起来，"你去哪儿了？"

因为迪克许愿而出现的士兵摸着自己的军帽疑惑地说："咦？这不是爱丽丝吗？"

"我要让你知道爱丽丝的厉害！"爱丽丝尖叫起来，"我只希望手里有个烧火棍——"她难以置信地看着手中的烧火棍，然后朝着士兵扔了过去，但是它在碰到士兵的一瞬间就消失了。"天哪，再给我一根烧火棍。"然后她手中又出现了一根，她又扔了一次，烧火棍再次消失了。士兵吓得躲在大树后面。

"简直乱七八糟。"他说，"你在朝我扔什么？小鸟吗？"

"你这个浑蛋。"爱丽丝说，接着她爬出车厢。

"爱丽丝！"达尔西大喊道，"这是怎么一回事？"

"这是我以前的丈夫。那个从我身边逃走、只留下一个月的房租，甚至一块肉都没给我留的男人！而我，还花钱雇了一位律师调查他的踪迹。我要找他算账，我一定会，我要让他见识到我的厉害，让他对今天这个日子永世难忘！你快从那棵树后面出来！"

"你不许伤害我的士兵！"迪克尖叫道。

"跑，跑。"小老头儿说，"她手里没有熨斗。"

"等一下。"士兵说，"我能解释为什么我没有回家。"

"你最好能解释清楚。"爱丽丝气得大叫，"你上车，把你的解释留着回家讲吧。"士兵走过来，钻进马车。

"你不许伤害我的士兵。"迪克重复道。

"他是爱丽丝的士兵，亲爱的。"达尔西说，"是那个你在战争中失去的士兵吗？爱丽丝。"

"就是他。"爱丽丝回答道，"丢了也挺好，看他这个样子，恐怕连打仗也派不上用场。"

他们继续前进，士兵和小老头儿一起坐在马车后排。

"你丈夫叫什么名字？爱丽丝。"达尔西问道。

"'出埃及记'。"爱丽丝说，"他还有个兄弟，兄弟的名字是'创世纪'。但是他十岁就去世了。"

"我以前也打过仗。"小老头儿对爱丽丝的丈夫说。

"是哪一次战役？"爱丽丝的丈夫问道。

"我不知道。"小老头儿回答说，"我只记得有很多人。"

"听起来和我以前参加过的战役很像。"爱丽丝的丈夫说。

"它们都差不多，我估计。"小老头儿说。

"打仗的确都差不多。"爱丽丝的丈夫赞同道，"是水战吗？"

"水战？"小老头儿重复道。

"穿过一个巨大的水面。"爱丽丝的丈夫解释道，"好家伙，那可是战争，一百天，全是水，上上下下，高高低低地漂浮着。当你向外望去，根本看不到任何东西，甚至连鼠尾草都看不到。我知道打仗很危险，我可能会死掉。不过过了很多天，我还没死。我不知道人们是怎么挖出那么大一个池子的，也不知道能够用它做什么。那个池子又深又宽，甚至可以装下这个世界上所有的游艇。"

"不，这不是我参加的那场战争。他们是直接到我爸爸的牧场，来打那场仗的。"

"好吧，"爱丽丝的丈夫说，"要是那样，你参加战争还挺方便。"

"我还参与过另一场战役，是在一个叫七棵松的地方打的仗。"

"你是躲在其中一棵松树后面吗？"达尔西问道。

"不是的。"小老头儿回答道，"普通士兵不能躲起来，只有将军才能躲起来。那场战争中有七个以上的上将。"

"好吧，"爱丽丝的丈夫说，"战争和战争还是不一样的，是吧？"

"我觉得非常不舒服。"乔治神情恍惚地看了他们一眼，"我想我可能快生病了。"

"那你们参加的战争最后是谁赢了呢？"达尔西问道。

"我不知道，小姐。"小老头儿回答道，"不清楚。"

"那就对了。"爱丽丝的丈夫表示赞同，"我从未见过有哪个士兵在战争中赢得过什么。不过，战争总是那么搞笑。下次再有战争，我可不会上战场了，我要待在军营里。"

"我也觉得那样更好。"小老头儿赞同道。

"我想。"乔治说，"我可能要生病了。"接着，他就在小马背上吐了起来。

"他怎么了？"爱丽丝的丈夫问道，"他这个样子可参加不了任何战争。"

他们都停了下来，一直等到乔治感觉好了些，才把他扶进了马车。

"我能骑他的小马吗？先生。"小老头儿问红发男孩。红发男孩同意了，小老头儿立刻跳下马车，爬上了小马。

"如果你那么想骑马，为什么你之前不许愿要一匹小马呢？"达尔西问小老头儿，"你除了苹果派和冰激凌都没有许过别的愿望，你不想一想还有什么是你希望得到的？"

"我不知道。"小老头儿说，"我真还没想过这个，不过我会考虑一下的。我想想……我希望我们每个人都有一袋糖果，粉白条纹的。"当他这么说的时候，每个人手中都出现了一袋糖果。

"我的糖果更软些。"小老头儿说，"我以前喜欢硬糖，但是现在我得吃软糖，因为我的牙齿不再像年轻时那样坚固了。"

"我想看看你的牙齿，"达尔西说，小老头儿张开他的嘴，里面空荡荡的，牙齿已经掉光了。

"你为什么不许愿要一副假牙呢？"达尔西问道。

"假牙是什么？"小老头儿问道。

"你许这个愿试试。"达尔西建议道。

"好吧，我希望有一副假牙。"小老头儿说，然后他用手拍了下嘴巴，震惊地看着达尔西。

"你不喜欢吗？"达尔西问道。

"我不敢相信我有了牙齿。"小老头儿回答道,"我已经习惯了什么都没有,你看!"他将假牙拿出来看了看,"它们看起来真漂亮,是吧?把它们放在壁炉上应该会更合适,对吧?我想我会留着的。"

他们继续在森林里穿行,走到了一片橡树林下面。一大群小鸟在这些树木中穿梭,叽叽喳喳地叫着,小松鼠们越过草地,从一棵树跳到另一棵树上,草地上五颜六色的花朵竞相开放。

小老头儿用脚跟踢了小马一下,让它奔跑起来,缰绳上的铃铛叮当作响。"以前参加战争的时候,我们也骑着马。"小老头儿说,"我以前常常这么干。"然后他骑着小马一路狂奔,胡须在风中飞舞,之后他又让小马来回转身,不停冲刺。

"我打赌你这辈子从来没有参与过什么战争。"爱丽丝一脸怀疑地对小老头儿说。

"我也这么认为。"乔治现在觉得舒服多了,"我打赌如果你见到敌人,一定先跑了。"

"我保证我不会。"小老头儿回答道,"我相信我会一剑把敌人劈成两半,如果我手里有一把剑,我一定会向你展示一下我会怎么做。"话音刚落,一把金色手柄的崭新宝剑出现在他手中,小老头儿看着这把剑,用衣服把它擦拭得像镜子一样闪闪发亮,然后他向爱丽丝的丈夫展示了这把剑。爱丽丝的丈夫说这真是把好剑,可惜对他而言太长了,他更喜欢匕首,那种可以藏在衬衫中的小刀。

"这正是我在战场上的样子。"小老头儿解释道,"看!"他挥舞着剑,骑着他的小马再次快速冲下山,然后又飞奔回来。

"我打赌你会害怕。"乔治说。

"我敢打赌就算是面对一百个敌人我也不会害怕。"小老头儿说，"我敢说我会直接跳到他们中间，用一把这样的剑将他们劈成两半。"

"我肯定你一定不敢那么做。"乔治说，"我敢说你会害怕的。"

"我保证我不会的。"小老头儿回答道，"我保证我会——"

"我打赌你会害怕一头老虎或一头狮子。"乔治说。

"我敢说我杀死过一百头狮子和老虎，就在这个森林里。"小老头儿说，"用一把像这样的剑……不，是曾经在战争中用过的剑。我不记得我是用什么武器杀死的老虎和狮子，应该不是剑，我用的是别的东西。"

"我猜你是用擀面杖和熨斗。"爱丽丝说。

"如果是我组织一场战争。"爱丽丝的丈夫说，"我要集结一群已婚妇女，蒙上她们的眼睛，然后说'朝着你的正前方前进，一旦你碰到了什么东西，那就是你们的丈夫'，我想组织这样一场战争。"

"这一定会很省钱，对吧？"小老头儿说，"因为她们会捡起熨斗和擀面杖，然后扔向他们，对吧？"

"我知道一些不需要熨斗和擀面杖的战争。"爱丽丝的丈夫说，"等你拥有我这种婚姻的时候你就懂了。"

"对。"乔治说，"我打赌如果有一头狮子从一棵树背后跳出来，你会被吓死的。"

"我肯定我不会。"小老头儿说，再次挥动他的剑，"我肯定我会——"

"我希望有一头狮子会跳——"乔治的话还没来得及说完，场面就变得混乱不堪了。

达尔西尖叫起来，爱丽丝的丈夫号叫的声音像一只号角，但是爱丽丝的声音盖住了他们所有人。爱丽丝的丈夫爬上了一棵树；爱丽丝一只手提着迪克，另一只手拖着达尔西，奋力跑起来；乔治在他们后面，一面跑，一面大声怪叫。而小老头儿跑到了最后。

"停下！停下！"红发男孩尖叫道。爱丽丝停了下来，斜靠在一棵树上拼命喘气。路的正中间坐着一头狮子，红发男孩骑在小马背上，站在它的旁边。"快回来吧。"红发男孩叫住他们，"它不会伤害你们。"

"除非你先把那个东西弄走。"爱丽丝说，"你，达尔西！绝对不准回去。"

"你们需要做的是，"红发男孩说，"让许愿想要狮子的人将愿望收回去。谁是许愿的人？是乔治，对吧？"

"我想是的。"乔治说。

"好的，那你还想要它吗？"红发男孩问道。

"不，"乔治回复道，"我希望我再也不要看到它了。"他一说完，那头狮子就消失了。

"我们现在可以回去了。"达尔西说。

"达尔西！"爱丽丝大喊道，"你不准回去！那个东西刚刚跳到树后面去了，我看见的！"

"不，不。"红发男孩说，"它消失了，回来吧。"

他们走了回去，爱丽丝查看了所有的树，狮子确实消失了。

"为什么小马也都不见了？"

"当见到那头狮子时，你们都希望它走开。"红发男孩说，"当狮子跳出来的时候，每个人都希望自己能跑，但是坐在小马身上或马车里，你是不能跑的。"

他们震惊地看着彼此。"那我们只能走路了吗？"达尔西问道。

"是的，我背包里没有多余的小马了。"红发男孩回答道。

"要我说，走路最好了。我们骑马越久，就离家越远。一定有什么人在这件事上要我们。"爱丽丝补充道，然后她盯着拿剑走过来的小老头儿。

"我把我的基仆思弄丢了。"小老头儿说，"它从我的口袋里掉了出来，现在我找不到它了。"

"那太糟糕了。"达尔西说，"那是只挺不错的基仆思。你怎么不许愿它能走、能说话，这样你就能找到它了。"

"我会这么做的。"小老头儿回答道，"它是我见过的最棒的基仆思。"当他这么说的时候，他们听到草丛中有沙沙声，然后一个微弱的声音在说话。

"我来了，艾吉伯特，我来了。"

"那是我的名字。"小老头儿说。沙沙声越来越近，不久，他们看到基仆思从草丛中跑了过来。

"小狗狗。"迪克大喊道，然后他从地上捡起一根木棍敲打基仆思，每敲打一次，基仆思就变大一次。

"亲爱的！"达尔西大喊道，"不要再打艾吉伯特的基仆思了！爱丽丝！爱丽丝！快管管迪克！"

"杀掉这只小狗狗！"迪克说。突然，基仆思不动了。

"将小狗狗劈成两半。"迪克说，然后基仆思变成了两半。

"看看你做了什么！"小老头儿说，他将脸埋在臂弯里哭了起来。

"真对不起。"达尔西说，"迪克真是个坏孩子，将你的基仆思劈成了两半。"

突然，草丛中传出了另一个细微的声响。他们低头一看，发现迪克变成了和玩具士兵一样大的小人儿。

"那是因为他许了一个很坏的愿望。"红发男孩解释道，"一个会造成伤害的愿望。"

"不要踩到他了！"达尔西尖叫道。这时，达尔西和爱丽丝也变得和迪克一样小，爱丽丝抱起迪克，用另一只手臂搂着达尔西。

"你这个老糊涂。"爱丽丝用她微小的声音对小老头儿尖叫道，"看看你做了什么！不准踩到我们！"

"我也不知道现在该怎么办了。"红发男孩说，"迪克会一直这么小，直到他为别人做好事，而达尔西和爱丽丝在迪克这么小的时候，是不会变大的。"

"我想我们最好也一起变小。"小老头儿提议道，"这样我们就能在一起了。"

"好的。"红发男孩赞同道，"这是最好的主意。"

"我不要。"乔治飞快地说道，"我不想变得那么小，我真希望我现在在家里。"然后乔治就消失了。

"很抱歉他走掉了。"小老头儿说，"我本来可以杀死那头狮子的，如果我那时候没有那么吃惊就好了。"

然后，其他人也都变得和爱丽丝、达尔西、迪克一样小了。

"咦？"小老头儿发出惊奇的声音。他们身处一片古怪的森林里面。这里的树木全身都是绿色的、平直的，就像是巨大的剑刃，而且它们既没有树干，也没有枝叶。

"那是草。"红发男孩解释道，"我们最好走这条路。"他们穿梭在这片奇异的平直树丛中，然后来到一座黄色的山前。

"这座山真奇怪。"小老头儿说，"它是由树木构成的。"他们围着山走了一圈，想要发现上山的道路，但是这座山没有路，他们没办法翻过去。

"我知道这是什么了。"红发男孩说，"是艾吉伯特的基仆思。"

"我想要我的基仆思。"小老头儿说，然后他们惊讶地看到山消失了，紧接着小老头儿说："有东西跳进了我的口袋。"说完，他伸手从口袋里拿出了他的基仆思。"好吧，"小老头儿说，"我很开心看到基仆思又回来了。这是我做过的最好的基仆思了。"

于是他们继续前行，直到走出了这片森林，来到了一片沙漠。在沙漠正中间有一头巨大的野兽，这是爱丽丝从来没见过的，她的丈夫也不例外。

"它比大象还大。"

"这是我的小马。"红发男孩解释道，"它知道该怎么回家。"

他们刚一穿过沙漠，就有一只像两只老鹰那么大的鸟对着他们俯冲下来。爱丽丝再次一手抱起迪克，一手拽住达尔西，这只鸟不停地在他们身边盘旋，想要叼起迪克。爱丽丝的丈夫用来复枪击中了大鸟，但它仍然在他们身边盘旋，想要吃掉迪克。因为迪克太小了，他被当成了一只虫子。

"快把你的帽子放在地上。"爱丽丝的丈夫正在和大鸟周旋时，红发男孩对小老头儿叫道。小老头儿把帽子放在地上，红发男孩立刻许愿，帽子瞬间变得像汤碗那么大。他们都钻进帽子里躲了起来，每个人都能听到大鸟在外面啄帽子的声音，但是它进不来。

最后，他们终于听不到大鸟的声音了，爱丽丝的丈夫掀起帽檐向外看去。

"它走了。"爱丽丝的丈夫说。然后，他放下帽檐又跳了回来，大声尖叫道："地震了！"

脚下的土地突然拱起来，他们都被绊倒了，从那座高山上挨个儿滚下来。帽子也翻转了过来，他们仍然翻滚着，震源就在身边，地面沿路隆起，像是有什么东西在下面挖洞一样。

"这是一只鼹鼠。"红发男孩说，"来吧，我们最好回到森林里思考一下怎么办。"

他们又跑回那片奇特的平直森林。

"我想。"红发男孩说，"我们最好许愿爱丽丝的丈夫重新变大，然后把我们放进他的帽子里，这样他就能带我们回家。"

于是，他们一起许愿，把爱丽丝的丈夫变回了大人。他将帽子放在地上，然后小心翼翼地把他们挨个儿拿起来放进帽子里。

"你这个大笨蛋。"爱丽丝用尖细的嗓音冲他吼道，"你捡起我和这个小宝贝的时候轻点儿，不然我一定让你好看！"

将他们放好后，爱丽丝的丈夫就拿起帽子出发了。达尔西、迪克、爱丽丝、红发男孩和小老头儿坐在帽子里。他们只能看到爱丽丝丈夫的脑袋、天空和树梢。没一会儿迪克就睡着了，达尔西也有些困，但她觉得不舒服，因为爱丽丝丈夫的帽子里没有枕头。

真希望我是在自己舒服柔软的床上，达尔西在心里暗暗想着。"不！我不想！不！我不想！"她突然尖叫起来，但是已经来不及了，她重新出现在自己的床上、她的房间里，只有她自己。"我不想在这里！"达尔西哀号道，"我想要找到艾吉伯特先生，这样就能找到其他人了。"

一瞬间，她再次出现在了那间门口全是玫瑰花的灰色小屋前。"这不是我和他们分开的地方！"达尔西说，"我想要去爱丽丝、迪克、莫里斯、艾吉伯特先生，还有爱丽丝的丈夫埃克斯达斯先生在的地方。"但是，什么都没有发生，达尔西想起了她的那片彩色树叶，她把手伸进裙子口袋里，发现树叶已经消失了。

达尔西不知道该怎么办了，她站在小屋门前的小路上，听见房子后面有人在劈柴，她打开大门进到前院。小屋的门是关着的，门前有一些被人用刀削过的树木枝条，一个熨斗、一个擀面杖和一只闹钟。达尔西绕着小屋走了一圈，看到一个留着灰色长胡须的小老头儿正在劈柴，达尔西向他走过去。

"其他人去哪里了呀，艾吉伯特先生？"达尔西问道。

小老头儿把斧头放下，转过头来："女士？"

"我和他们走散了。"达尔西解释道,"我们之前本来在一起,但是现在我找不到他们了。"

"你是说野餐吗?"小老头儿问道,"我以前也常常去。"

"什么?你不是和我们在一起的吗,你也走散了吗?"达尔西问道。

这个小老头儿有一双和蔼的蓝眼睛,他眨着那双蓝色的眼睛说道:"我以前去过很多次野餐,但是我已经很久不去了。"

"什么呀?你今天早上还和我们在一起。"达尔西吃惊地大吼道,"你忘记了吗?你还许愿吃了苹果派和冰激凌!"

"是吗?"小老头儿说,他将了将他的长胡须。"我年轻的时候很爱吃冰激凌。但是我现在已经很少吃了。"小老头儿推了推砍好的木头,"你要不要在这个木头上坐一会儿?"

达尔西伤心地坐下,问道:"你也不知道他们在哪里吗?"

小老头儿也坐下来,说:"我已经很长时间没有去野餐过了,毕竟我也不再年轻了,我开始变懒惰了,所以,我才在这儿劈柴呢!懂吗?这是为了做一些锻炼。"

"你多少岁了呢?"达尔西问道。

"我过了今年四月就九十二岁了。"小老头儿回答道。

"所以你不知道他们在哪里吗?"达尔西哭着说,"我们本来是在一起的,但是现在我找不到他们了,我找不到了,我好害怕。"

小老头儿局促不安地跳起来,然后他突然弹了一下舌头,把手伸进口袋,说道:"看看我做了什么。"

达尔西揉揉眼睛看了看，大喊道："啊，是基仆思！"

"他叫基仆思吗？"小老头儿开心地说，"我不知道这是什么，如果你想要，我可以送给你。"

"我想要爱丽丝和迪克。"达尔西一边说一边又哭起来。

小老头弹了一下舌头，再次把手伸进口袋："看看我今早在这条路上发现了什么。一开始我认为是片树叶，但现在我觉得它是龙的鳞片或是凤凰的羽毛。"

达尔西看着这片树叶，拍起手来。当小老头儿握着它的时候，它呈现出一种淡粉色和淡绿色交织的颜色。小老头儿将树叶递向达尔西，说道："你可以拥有它，你想要的话。"

"哦，谢谢你，谢谢你！"达尔西大喊道，轻轻地将树叶放在手心。"要是我们还要去野餐，我们会再来你这儿的。"达尔西承诺着，"谢谢你，谢谢你！"

"我以前是野餐的好手。"小老头儿说，这时候他的妻子把厨房门打开了。

"你！艾吉伯特！"她咆哮道，然后"砰"地关上了门。小老头儿捡起斧子，开始用力地劈起柴来。

"现在。"达尔西轻轻握住手中蓝色的叶子，闭上眼睛说，"我想去迪克、爱丽丝、莫里斯和埃克斯达斯那儿。"

她果真出现在了他们身边。"是达尔西！是达尔西！"他们都哭了起来。达尔西和爱丽丝、迪克互相拥抱着，爱丽丝的丈夫嘴巴咧到了耳根，露出一口白牙，红发男孩用闪着金色光芒的眼睛看着他们。

"迪克是怎么变大的呢？"达尔西问道。

"那个老头子在埃克斯达斯帽子的褶皱里弄丢了他的基仆思，迪克帮他找到了。"爱丽丝解释道。然后达尔西再次拥抱了迪克和爱丽丝，爱丽丝和迪克也再次拥抱了她。

"来吧。"红发男孩说。他们正在一个山谷里，走了一会儿，便来到了一条河流前。这个山谷充满了甜甜的气味，他们继续前进，很快就看到了一棵长着一千种不同颜色树叶的大树。

"这是许愿树！"达尔西大喊道。

"我想就是它了。"红发男孩赞同道。但是，当他们靠近时，树叶突然都飞到了空中，绕着大树旋转。然后，他们看到这棵树其实是一个身材高大的长胡子老人，而那些树叶是五颜六色的小鸟。

"早上好，弗兰西斯。"红发男孩说。

"早上好，莫里斯。"慈祥的弗兰西斯回复道，彩色的小鸟们围着他盘旋歌唱，落在他的肩膀上、头上和胳膊上。

"这是达尔西、迪克、爱丽丝和爱丽丝的丈夫。"红发男孩说。

"我们正在寻找许愿树。"达尔西解释道。

慈祥的弗兰西斯注视着他们，眨了一下眼问道，"那你们找到了吗？"

"我们不知道。"达尔西回答道，"我们认为这可能就是。"

慈祥的弗兰西斯思考了一会儿，这些小鸟在他身边停留，形成了一片彩色的云朵。当他说话时，小鸟们又再次飞向空中，绕着他飞行。

"你们是不是每个人都在那片森林里摘了一片树叶？"弗兰西斯

问道。

"是的，弗兰西斯。"达尔西说。

"那就是许愿树。假设它有一千片叶子，若是一千个男孩女孩每人都去摘一片叶子，当下一个人再来时，就没有叶子可以摘了，对吗？"

"是的，弗兰西斯。"达尔西说。

"所以你们的愿望是自私的愿望，对吧？"

"是的，弗兰西斯。"

"那么。"慈祥的弗兰西斯说，"把你们的树叶给我吧，这样我就能把它们放回去，作为交换，我会给你们每个人一只我的小鸟。当你们喂养它、照顾它时，就不会再许下自私的愿望了。因为人们有想要照顾和保护的东西时，就不会再自私了，你们愿意吗？"

"愿意，弗兰西斯。"他们都给出了一样的回答。于是他们将叶子还给弗兰西斯，换来了属于自己的小鸟。弗兰西斯从长袍下拿出了几个柳条笼子，他先放了一只蓝色小鸟进去，给了达尔西，又装了一只黄色小鸟给了红发男孩。他拿出一只红色小鸟给了爱丽丝，给迪克的是一只小小的白色小鸟。不过，这只小鸟的翅膀尖儿是淡蓝色的，因为迪克最小，也因为他是达尔西的弟弟。

"那爱丽丝的丈夫呢？"达尔西问道。

"他会和爱丽丝一起养育她的红色小鸟。"慈祥的弗兰西斯回答道，"如果他再次抛弃她，他就会变成一个只有自私念头的人。"

"那乔治呢？"达尔西问道。

"乔治的未来不太好。"慈祥的弗兰西斯回答道，"他许的第一个愿望让他自己生了病；他许的第二个愿望让你们所有人无缘无故地受到了惊吓；他许的第三个愿望，是在你们遇到麻烦时抛弃了你们。"

"但是艾吉伯特先生呢？"达尔西说，"他也该有一只，不是吗？"

"啊，"慈祥的弗兰西斯说，"他拥有的一切已经大大超出了我能给予他的，他已经太老了，也没有什么想要的了。说起来，他现在怎么样了？"

"他的妻子把他带走了。"爱丽丝说。

"所以说，"慈祥的弗兰西斯说，"他其实也不再需要别的东西了。"

他闭上嘴不再说话，小鸟们又再次停留在他的头上和肩膀上。

"再见，弗兰西斯。"他们说，"还有，谢谢你。"慈祥的弗兰西斯只是从鸟群中朝着他们微笑。他们就此告别了弗兰西斯。

他们又回到了河岸边，但是很奇怪，这条河不是平躺在地面上，而是直直地站立着，像是一面灰色的墙。

"这真是太奇怪了！"达尔西说，这条河看起来就像是她之前见过的那团雾，他们可以模糊地看到一条向前延伸的街道，河水还散发着紫藤花香。

"我们得穿过去。"红发男孩说。

"我们还是小心一些。"达尔西说，"再等等。"但是，红发男孩已经踏进了河里，爱丽丝、迪克和爱丽丝的丈夫也都跟着他。"等一下！"达尔西又叫了一声，可是她只能看见他们模糊的身影。红发男孩转过身来，达尔西看着他，他的脸庞消瘦丑陋，眼睛里闪烁着奇异的金色光芒，头发上有一层光圈，他向她招了招手。"等一下！"达尔西大喊起来，然后她也踏入了河中。她伸出双手摸索前进，其他人已经消失在她的眼前，她能看到的只有红发男孩头顶上的一层光圈。她好像又是一条金鱼沉睡在圆碗中，在暖和的睡梦里不停上升，直至升到顶部，然后她就会醒过来。

她确实醒过来了，感觉像是有另一个小气球在她身体里，变得越来越大，让她的身体、她的胳膊和她的腿有些许刺痛，就像是刚刚吃了一整片薄荷。这会是什么呢？她想，它能是什么呢？

"生日，生日！"耳边响起来一个声音，她睁开眼睛，看到迪克在她床边蹦跳着，她的妈妈正弯下身来看着她。达尔西的妈妈非常漂亮，她个子瘦高，眼睛像海水一样变幻莫测，那双纤细的手，总会在达尔西生病时温柔地抚摩她。

"看！"妈妈一边说一边拿出一个装着蓝色小鸟的柳条鸟笼，达尔西开心地尖叫起来。

"我也想要，妈妈。"迪克说，"我也想要小鸟，妈妈。"

"你可以和我一起养，亲爱的。"达尔西说，她让迪克拿着鸟笼，再次闭上了眼睛，妈妈的手抚摩着她的前额。达尔西想起了慈祥的弗兰西斯和莫里斯，还有莫里斯奇异的眼睛和火红的头发。是的，她拥有了她的蓝色小鸟，即使那只是一个梦。慈祥的弗兰西斯说过，如果你对弱小无助的事物很仁慈，你就不再需要许愿树来实现梦想。明年，她还会过生日，如果她能记得在上床前先迈出左脚，睡觉前把枕头翻过来，谁知道又会发生些什么奇迹呢？

明 天

　　加文舅舅年轻时接过一个案子。被告是布克赖特，一个来自我们县偏远地带法国人湾的富裕农民；而受害人桑普，是一个爱吹牛的混混，被他欺负过的年轻人都称他为"喷鼻息的公羊"。桑普好斗，赌博，还私酿烈酒。一次，他偷牛被抓了个现行，尽管他出示了买牛的单据，但无人认识签字人。

　　这个案子的前因后果也很简单：布克赖特的女儿和桑普扯上了关系，两人想私奔。某天清晨，布克赖特自首，说他杀了桑普。邻居奎克赶到现场，发现桑普手里有枪。消息就这么传开了。随后，一个自称桑普遗孀的女人来到法国人湾，想继承他的遗产。

　　开庭那天，加文舅舅试图说服由十二人组成的陪审团。陪审团里边有农民，也有店主。其中一个瘦小、憔悴的农民，虽然实际上只有五十来岁，可看上去起码七十多岁了，正是这个小老头儿，给加文舅舅带来了麻烦。

　　陪审团退到别的地方商量结果时，法官宣告暂时休庭。我匆匆回家，准备吃饭，却惊讶地发现陪审团的商议结果竟走漏了风声。全镇

的人都知道了那个消息：加文舅舅的陪审团里有人和其他人意见不统一，十一个人赞成无罪释放，一个人反对。

加文舅舅把我带到陪审团休息的地方，对我说，为了正义，有些时候我们必须得采取一些不光明的手段。于是，我偷偷溜进院子里，爬上一棵大树。透过树叶往对面房间看，里面陪审团成员的言行举止一目了然。工长霍兰先生和另外一个人站在那个瘦小、憔悴的农民面前。我记得他们每个人的名字，因为加文舅舅告诉过我，记住别人名字是一件重要的事，尤其是想要做律师或者政客的话，记住别人名字就更显得重要了。当然了，我也记住了那个小老头儿的名字，他叫石壁·杰克逊·芬奇雷。

霍兰先生大声问道："他要带着布克赖特十七岁的女儿私奔，这事还不明显吗？他还假装单身汉，他刚死，就有女人找上门证明自己是他妻子了。这种无赖，就算不是布克赖特，也会有别人想要干掉他！"

芬奇雷的回答异常平静："没错，我承认。"

霍兰先生更生气了，他追问道："那你说说，你到底是什么意思？"

芬奇雷继续说："但是我不能投赞成票。"芬奇雷是一个言行一致的人，他的确没有投赞成票。下午，陪审团就解散了，案子将会重审。

第二天一早，我还没吃完早餐，加文舅舅就上门了，我和他一起踏上了解密之路。快到中午时，我们驱车进入了山区地带。山里的道路比小径还糟糕，曲折蜿蜒，狭窄又坑洼不平，尘土飞扬，车子大部分时间只能挂着二挡缓慢前行。终于，我们看到了邮箱，上面草草地写着"G.A.芬奇雷"几个大字。邮箱旁是一座两室带门廊的小木屋，破旧而简陋，哪怕是我这个十二岁的小孩也能一眼看出，小木屋很久没被打理过了。

忽然有个声音响了起来："停下！别动，别过来！"那是一个瘦小的老头儿，穿着一身打了补丁的旧工装，胸前紧紧抱着一杆猎枪，全身颤抖着，也许是出于气愤，也可能是因为年迈而控制不住身体，那应该是芬奇雷的父亲。

这位老人的态度非常强硬，不允许我们踏入院子一步。我们只好重新回到车里，往下一个地点进发。很快，我们又来到一座房子旁边。这一次，我们受到了主人普鲁伊特先生的欢迎。

我们跟着普鲁伊特先生走进门廊，看见一位白发苍苍的老妇人，头戴一顶洁净的条纹遮阳帽，身着配套条纹裙装，外系纯白围裙，悠然自得地坐在矮摇椅上，仔细地将紫花豌豆剥入木碗中。她是普鲁伊特先生的母亲。

"这位是史蒂文斯上尉的儿子，他是一名律师。这次来是想了解杰克逊·芬奇雷的情况。"普鲁伊特先生向他母亲介绍了加文舅舅。

我们坐下来，听他们母子俩为我们介绍情况。

普鲁伊特先生先开口了："他们家有一块地，他爸爸和爷爷都靠在那块地里劳作养活一家人，芬奇雷很小的时候就开始下地帮忙。有天晚上，他来找我说，他在法国人湾找了个锯木厂的工作。"

"法国人湾？"加文舅舅对此很有兴趣。

"是一份按天计酬的工作。他想先干两年多赚一点儿钱，不想重复他爷爷和爸爸那种生活了。他爷爷一直干到倒在犁上的那一天；他爸爸也同样辛苦，总有一天会在玉米地里累垮的。之后，就该轮到他了，他连个能从地里把他拉起来的儿女都没有。他请了个仆人帮他爸爸种地。你说，我能不经常去看看他爸爸吗？"

"你倒是的确经常去。"普鲁伊特太太说。

"我靠近他家时，常能听到芬奇雷责备仆人动作慢，其实人家已经很努力干活儿了。芬奇雷没多雇仆人是明智的，毕竟他爸当时快六十了，要是整天闲坐着不干活儿，怕是活不过多久。后来，芬奇雷就去工作了。突然有一天……"

"那是第一年的圣诞节。"普鲁伊特太太接过话。

"没错，他回来过了圣诞节，又走了三十英里路回到锯木厂。"普鲁伊特先生说。

"你知道他是在哪个锯木厂工作吗？"加文舅舅问。

"是贝·奎克老先生的厂子。第二年圣诞节我没见到他。来年的三月份，法国人湾的河滩地开始干涸，这种情况对于运送木材很有利。我还以为他会老老实实锯木头呢！没想到，他竟然回来了，还是坐马车回来的。而且，他还抱回来一个孩子，哦，还有一只羊。"

普鲁伊特太太点头说："他回家一个多星期之后，我们才听说他带了个孩子回来。"

加文舅舅有些兴奋，对普鲁伊特太太说："请把您知道的都告诉我吧！"

普鲁伊特太太回忆道："当时我去他家，那孩子还很小，都没满月。我很担心那个孩子，只用羊奶的话……"

"你们可能不了解。"普鲁伊特说,"羊奶不一样,必须每两小时挤一次。也就是说,得不分昼夜地挤奶。"

普鲁伊特太太说:"我为他准备了几块尿布。他雇用的仆人则继续帮他父亲料理农田里的活儿。而他自己则承担起了烹饪、洗衣、看护孩子、挤羊奶及喂养孩子的责任。我多次提出帮他照顾孩子,但他总是过意不去,坚持亲自照料孩子的一切。我问他,你哪儿来的孩子啊?他说他已经结婚了,孩子刚生下来,孩子的妈妈就去世了。我又问他,孩子的妈妈是法国人湾的吗?他说是南部人,姓史密斯。他还给孩子缝衣服呢!对了,他给孩子取名叫杰克逊与朗斯特里特·芬奇雷。说是用他和他爸爸的名字,证明这是他们家的孩子。"

加文舅舅听得有些入迷了,他问:"然后呢?"

普鲁伊特摇摇头说:"不知道,后来他们父子俩都走了。"

"都走了?"加文舅舅有些惊讶。

"是,都走了。突然有一天,父子俩都不见了。大约过了五年吧,芬奇雷回来了,我实在是好奇,就去问他,你的孩子呢?他却跟我说,哪里有什么孩子!"

普鲁伊特先生热心地邀请我们一起用餐,加文舅舅礼貌地表达了感激之情,又解释了我们还有其他行程,不便久留。最终,我们在夕阳西沉之际抵达了法国人湾村的凡纳商店。这时,另一位男士从空旷的门廊起身,走下台阶,迎着我们的汽车走来。

"我听说你的陪审团意见不统一,而且只有一个人反对。我打听了一下那人的名字,这才把事情给理顺了。"

"怎么回事？奎克先生，请说吧！"加文舅舅问。

"芬奇雷是我爸爸雇用的员工，他非常勤勉。那年秋天结束，我们准备歇业过冬时，我发现他已经和我爸协商好，冬季留下来守夜、看守工厂，直到来年春季，仅圣诞假期回家三天。次年春天复工时，他进步显著，并且一直保持学习。到了夏天，锯木厂的事务他已经能独力操持。快到秋天的时候，我爸爸几乎不需要去锯木厂了。我也只是偶尔去，一周也就一两次。到了秋天，我爸爸说要给他建个小屋，让他别再住锅炉房了。那年冬天他一直都在厂里。圣诞假期他是什么时候回家的，又是什么时候来的，我们都不知道。

"等到二月份的某个下午，我去找他，却发现一个病恹恹的孕妇。他说那是他的妻子，我感到很奇怪。就追问他，去年秋天你都还没结婚呢，现在这个女人却要生孩子了？他没回答我，只是问我是不是要赶他走，我当然不是那个意思了。

"后来我才知道，这个女人已经有丈夫了。她当时病得厉害，又快要生孩子了，我都不知道他是怎么说服她的。后来他们举行了婚礼，那个女人生下孩子以后就去世了。当天晚上，他就来我家辞工了。又过了几年，是一个夏天，厂里来了两个人，他们姓桑普，是那个女人的兄弟。他们带了一个法警来，还有一堆法律文件，让我带他们去找芬奇雷，他们想要带走孩子。我跟他们解释了一通，告诉他们她死前结了婚。他们说他们的姐妹已经有丈夫了，和芬奇雷的婚姻不作数。那两兄弟一见到孩子就上前抢。孩子不停挣扎，芬奇雷也使劲挣扎，想要抢回孩子。可是，人家带了法律文件来。我劝他不要再抵抗了，而且孩子的亲生父亲还活着。桑普兄弟说了一番感谢芬奇雷的话，又给了他一个钱袋子。接着，他们就把孩子带走了。

"后来，那个孩子长大了，经常欺负人，别人叫他'喷鼻息的公羊'。他每次来我们这里寻欢作乐，都会聚集很多人围观。有一次，我看到芬奇雷骑着骡子路过，他盯着'喷鼻息的公羊'看了很久。我之前一直没上心，只觉得桑普这名字听起来有点儿耳熟，毕竟已经过去二十多年了。直到我听说你陪审团的事，才突然想起来。唉，这么看，他当然不愿意投票释放布克赖特了。天不早了，我们还是吃饭去吧！"

回去的路上，加文舅舅对我说："我终于明白了。他肯定不会投票的。"

我说："他会投的，因为桑普是个大坏蛋！"

加文舅舅摇摇头，对我说："他并不关心巴克·桑普，他关心的是他曾经的儿子，那个叫杰克逊与朗斯特里特·芬奇雷的小男孩。布克赖特杀死了一个无赖，可是那个无赖的身体里还保留着一些关于芬奇雷的记忆。如果是你，你也不会投赞成票的，别忘记这一点，永远不要忘记。"

调转位置 /

一

那个美国人，年纪稍大的那一位，穿着的不再是他那件粉色竖条纹的灯芯绒裤子，而是一条平直的马裤，马裤和他的束腰外衣是一个质地。这件上衣不是伦敦那边常见的裁剪样式，而是留着长下摆，所以从他的武装军用皮带下会露出一截衣服的后尾，就像是宪兵的上衣会从他的手枪套下面露出来一样。他腿上还绑着一副非常简单的裹腿，脚上穿的是普通中年男性常穿的那种休闲鞋，而不是萨维尔街卖的名牌靴。他的鞋子和裹腿的颜色非常不相称，更不用说身上的那条皮带了，和这两者更是格格不入。被他别在胸前的那个飞行员的徽章就只剩下一双翅膀。不过，那一条连着胸章的绶带倒是挺像模像样的。肩上的两条杠说明他目前的军衔是上尉。这个男人个子不太高，脸瘦长瘦长的，整个五官像老鹰一样，两只眼睛里直直地透出一股聪明伶俐的气息，但是又带着些许疲惫。他已经二十五了，要是第一眼看到他，你应该不会觉得他参加了美国大学优等生荣誉学会，反而会觉得他是一个骷髅社①的成员，说不定还得过罗德奖学金②呢。

---

① 骷髅社，是美国一个历史悠久且颇具神秘色彩的学生社团。
② 罗德奖学金，是一个具有重要影响力的国际性研究生奖学金项目。

在他面前的人中，有一个人根本就没有注意过他的存在，这是个喝得酩酊大醉的青年男子，他正被一个美国士兵用双手扶着。和扶住他的美国士兵相比，他那双腿显得格外修长，衬得他就像化装舞会上戴面具的女孩一般。他大概有十八岁了，个子很高，有一张白里透红的脸和一双湛蓝色的眼睛，嘴巴长得也像女孩的一样。他穿着一件海军扣领短上衣，纽扣胡乱扣着，上面沾着泥浆，看样子像是不久前才沾上的。他以一副放荡不羁的姿态倚在那儿，这副姿态别人就算想模仿，也永远模仿不出其中的精髓。在那一头金发上，戴着的是一顶英国皇家海军的军官帽。

"这是什么情况？下士？"美国上尉问道，"发生什么了吗？他是个英国人，你最好让他们的宪兵来照顾他。"

"我知道他是一个英国人。"美国士兵喘着粗气说道，听起来像是从一个正在做重活儿的人口中发出的声音。虽然那个英国小伙子的胳膊就像女孩子的一样纤细，但实际上却比看起来要重得多。

"站直身体！"美国士兵说道，"他们可都是级别比你高的军官！"

那个英国小伙子铆足了劲儿，好不容易才让自己站直了，并试图将自己的注意力集中起来以便看清对面站着的人。他伸出一只胳膊搂着那个扶着他的美国士兵的脖子，整个人左摇右晃，努力将另一只手抬起来敬礼。他的手指略微蜷缩着，刚举到右耳边上，还没等敬完礼，身体又开始乱晃起来了，嘴里还嘟囔着："干杯，长官。你的名字不会是叫贝缇吧？"

"当然不是。"上尉回答道。

"啊?"英国小伙子说道,"原来不是,是我的错,希望没有冒犯到您。"

"没事的,不冒犯。"上尉轻声说道。不过眼睛却直直地看着他。

第二个美国人开口了。他穿着一件除衣领外其他与英军制服差不多的上衣,一条粉色长裤,一双伦敦靴,他也是 名飞行员,不过是个中尉,年龄还不到二十五岁。"这个小伙子是那群英国海军中的一个。"他说道,他们整晚整晚地把这些醉鬼从排水沟中抬出来。"您不太常来城里面,可能不知道这种情况。"

"噢。"上尉说道,"我听说过他们,我记起来了。"同一时刻,他也注意到,虽然这个时刻大街上熙熙攘攘,甚至旁边就是一家很有名的、经常有很多人光顾的咖啡店,周围还有很多人路过,却没有多少人停下来看他们,可能大家对此已经见怪不怪了。他看着宪兵说道:"你就不能把他送回船上去吗?"

"在您说之前我就已经想这么做了。"宪兵回答说,"但是他说他天黑以后不能回船上,因为他早就把船收起来了。"

"收起来了?"

"站直了!"宪兵猛地一把将烂醉成泥的英国小伙子拽起来了,"或许上尉您能听懂他在说什么吧,反正我是不懂。他说他们将船藏在码头下面了。晚上开到码头下面,只能等到明天一早退潮了才能把船开出来。"

"在码头下面?一艘船?什么情况?"他转脸看向了中尉,"他们驾驶的是某种自动摩托艇吗?"

"差不多是那样的东西。"中尉说道，"你曾经见过的，就是那些在港口上冲来冲去的小船，只不过被他们伪装了一下，他们每天都在做这种事情，到了晚上就会把小船停到码头上。"

"噢。"上尉说道，"我还以为是指挥官专用的小艇，你的意思是他们让军官来坐这样的小……"

"我也不知道。"中尉打断他说道，"或许他们只是用来给另一艘船送热水呢，或者是送面包，或者是当他们忘记餐巾纸之类的东西时，这样的小艇可以快速地来回移动。"

"胡说八道。"上尉说道。他再次看向那个英国小伙子。

"那正是他们所做的。"中尉说道，"镇子一到晚上就挤满了人，特别是排水沟里面，真的是睡满了人，而英国宪兵就像是这个公园里的保姆一样会用车将他们慢慢装走。而且说不定这个汽艇还是法国人给的，目的是用来让他们在白天的时候能够离那个排水沟稍微远一点儿。"

"噢。"上尉说道，"我明白了。"不过显然他并不是很懂的样子，他对于自己所听到的东西完全不敢相信，他看着英国小伙子说道，"不过，你也不能放任他以这副模样待在这里啊。"

英国青年又再次想将自己撑直起来。他有气无力地说道："我没事，你们放心吧。"他的语气中略带一丝愉悦，但是态度还是十分恭敬的："我早就习惯待在这里了，只是这块地面太粗糙了，该让那些法国人再好好修理一下。那些来参加比赛的小伙子至少得有一块更平整的地，对吧？"

"他以为整个场地都是他的。"宪兵怒吼道，"他没准儿认为自己一个人就是一支队伍呢！"

这个时候，出现了第五个人，他也是个英国宪兵。"啊，看看呀。"他说道，"这是怎么了？这是怎么了？"接着，他看见了那个美国人的肩章和上面的两条杠，便立刻站直身子给他敬了一个礼。听到他的说话声后，英国小伙子立刻转过身子，摇头晃脑地朝这边看过来。

"你好呀，艾尔伯特。"他向着那边打了一个招呼。

"噢，你好，霍普先生。"那个英国宪兵说道。他又转过头，问那个美国宪兵："这一次又是怎么了？"

"没事。"美国宪兵说道，"你们这些人就是这样打仗的，我只是外人罢了。来，扶着他。"

"到底怎么回事，下士？"上尉问道，"他做了什么吗？"

"他可能觉得这不算什么吧。"美国宪兵说道。他边说边望向这个英国宪兵，继续解释道："他只会将这些称之为一些鸡毛蒜皮的小事吧。就在刚刚，我从三个街区以外的地方过来，看到这边完全是堵着的。从码头开过来的卡车排成了长长的一队，所有的司机都在抱怨着问到底发生了什么事情。我走过去发现堵车的队伍起码有三个街区那么长，甚至连十字路口都堵住了。我来到最前面，就是那个堵住的地方，然后我发现有十几个卡车司机站在路中央，像是在那里开研讨会一般，然后我上前问道，'这里发生什么了吗？'他们听到我说话，连忙让开一条路，我走过去，看到这个小子正躺在那儿……"

"你正在讨论的可是一个皇家军官呀，兄弟。"那个英国小伙子说道。

"注意你的言辞。"上尉说道,"然后你看到这个军官怎么了?"

"他躺在大马路上就跟躺在床上一样。他的头枕着一个空篮子,两只手垫在脑袋下面,二郎腿翘得老高,他甚至还在和那些司机理论说他到底该不该挪地方。他认为那些卡车可以走另外一条路,他一点儿也不愿移动,因为在他看来,这条街就是他的。"

"他的街?"

那个"霸占"街道的英国青年认真地听着,一副非常有兴趣的模样,他解释道:"军队临时宿营地,你们不会不知道吧?社会一定得有规矩,就算是在战争时期,也是要讲规矩的。根据军队临时宿营地划分,这条街是我的,是不可以随随便便使用的,明白吗?就像下一条街是吉米·乌瑟斯邦的一样。但是卡车倒是可以从那一条街道驶过,因为吉米现在还没有在那条街上睡觉。他失眠,这个我知道,我也和他们讲过,让卡车走那条街。"

"是这么一回事吗?士兵。"上尉问道。

"他已经告诉你了,反正他就是不愿意起来,只是躺在那儿,和他们一直在争吵,还让他们去某个地方拿一张军队的作战条例过来……"

"皇家条令,没错。"上尉说道。

"是的,他想让他们亲眼看看到底是他有权利使用这条道路呢,还是卡车有。然后我就把他拽了起来,之后上尉您就过来了。就是这样的情况了,汇报结束。接下来,我将他交给他的皇家……"

"够了。"上尉说道，"你可以走了，这里没你什么事情了，我会处理的。"那个宪兵向上尉敬了一个礼，然后离开了。这时候轮到那个英国宪兵来扶着英国小伙子了。"你能把他带走吗？"上尉问道，"他们的营地在哪里？"

"我不确定他们到底有没有营地，先生，因为他们总是在酒馆里待着，甚至待一天一夜，看起来就像没有营地一样。"

"你是说，这些水兵并不是从船上下来的？"

"老实说，长官，那条船的条件并不足以让人轻易入眠。"

"我懂了。"上尉看着宪兵继续问道，"那是些什么样的船呢？"

这一次，这个宪兵立刻就回答了，没有任何抑扬顿挫的变化，就像一扇果断关上的门："我知道的不是很确切，长官。"

"哦。"上尉说道，"那好吧，他这个样子已经没办法在酒馆待到早上了。"

"或许我能在酒馆中找一张靠角落的桌子，他可以在那儿睡觉。"宪兵提议道。但是上尉并没有听他说话，他正看向街对面那家咖啡馆倾洒在人行道上的灯光。

上尉转向宪兵说道："你介意去对面，叫一下博加得上尉的司机吗？我会照顾好霍普先生的。"

那个宪兵也离开了。现在就只剩下美国上尉来挽着这个烂醉的英国小伙子了，他用手撑着小伙子的胳膊。英国小伙子再次像个疲惫的小孩子一样靠着他。"稳住。"上尉说道，"车马上就来了。"

"好的。"英国小伙子打着酒嗝说道。

二

他上车后，坐在两个美国人中间，立即陷入了沉睡，就像睡梦中的婴儿一样安静。虽然从他们出发到机场只有三十分钟的车程，但当他们抵达时，他已经醒了。他看起来精力充沛，甚至嚷嚷着想要一杯威士忌。当他们走进食堂的时候，他看起来已经完全清醒了，只因房间里刺眼的灯光而眯了一下眼睛。他那顶帽子斜斜地戴在头上，短衣的扣子依旧扣得乱七八糟，脖子上面围着一条脏兮兮的丝巾，博加得认了出来，那丝巾是某所著名寄宿学校的。

"啊。"他的声音中透出一丝清醒和明快，甚至有些欢呼雀跃的感觉，很洪亮，惹得满屋的人都转过头来看向他。"太好了，有威士忌。"他边说边直直地走向角落里的酒吧，像一只循着味道过去的猎狗一般，中尉连忙跟在他身后。而博加得却转身走向房间的另一头，那边有五个人，正坐在一张牌桌旁。

"看他那派头，他是哪一支舰队的海军上将呀？"其中一人疑惑地问道。

"应该是整个苏格兰海军的吧，至少我刚见到他的时候，他表现得像个将军一样，好像指挥着许多战舰。"博加得有些打趣地回答道。

另一个人抬眼看了看，"噢，我想我应该在城里见过他。"他又仔细看了一眼来客，继续说道，"可能因为他是走着进来的，所以我才没能认出他吧，毕竟我之前看见的都是他躺在排水沟里的模样。"

"哦。"第一个人边说边环顾周围的人群，"他是那其中的一个吗？"

"应该是吧。你看见过他们呀，经常在马路上，两条胳膊被英国宪兵拽着。"

"对呀，我看见过他们。"另一个人连忙回答道，然后他们便一同看向那个英国小伙子。他站在酒吧的吧台旁边，正在眉飞色舞地讲着什么，声音越来越大。"他们那帮人和他还真是没什么两样。"其中一个人又说道，"有十七八岁吧，整天驾驶着那些小船四处乱窜。"

"这就是他们所做的事情？"第三个人问道，"难不成英国的陆军妇女后勤队现在还加了一支海军男子辅助队？老天呀，那我在参军时可真是申请错队伍了，不过这都得怪征兵启事写得一点儿也不清楚。"

"我也不知道。"博加得说道，"我想他们应该不止要做四处乱逛这种事情吧。"

不过也没人听他讲话了，他们都将视线投在了那个英国客人身上。"他们一定是定点上下班吧。"第一个人略带羡慕的语气说道，"你们可以根据他们在太阳下山后的状态来判断到底几点了。不过，我一直不太明白的是，头一天晚上喝得烂醉如泥的人第二天是如何看清海上的舰队的。"

"或许他们是收到了要派舰队出去的消息。"另一个人接话道，"他们只是做出了一个个副本，然后将小舰整齐地排列成一列，对着每一艘船下达命令，让他们带着副本出发。至于那些找不到大船停靠的小舰，它们只能绕着港口巡航，直到遇到可以停靠的码头为止。"

"应该不止那些吧。"博加得说道。

他本来还想再说点儿什么，但是那个客人转身离开了吧台，朝着他们走了过来，手上还摇晃着一个玻璃杯。他走得非常稳，虽然脸色已经喝得通红，眼睛却是亮闪闪的，他说话的声音仍旧洪亮明快。

"我说，你们要不要一起加入……"还没说完，他就停下了话头，眼睛看向这几个人的胸前，仿佛注意到了什么一般。

"哦！你们的胸章，原来是在天上飞的人，你们全都是空军！天哪，在天上飞一定很好玩吧。"英国小伙子的声音更洪亮了。

"是的。"有人回答道，"确实很好玩。"

"但是很危险，不是吗？"

"就比网球飞得快那么一点点吧。"另一个人说道。这个英国客人看向他，目光非常专注。

另一个人插话道："博加得说你是指挥战舰的。"

"不能说是战舰吧。不过还是多谢抬举了，也说不上是指挥，罗尼才负责指挥，他比我等级高，年纪也比我大一点儿。"

"罗尼？"

"是的，是个很友善的家伙，就是老了点儿，人也很倔。"

"很倔？"

"是的，倔得要命。你一定不会相信，不管什么时候只要有烟雾阻挡了我们的视线，而我想用望远镜看一看时，他总是会将船头调转方向，不让我去看船身。这样一来，我就没有办法去看海狸了。到昨晚为止，我已经两次没有看到了。"

几个美国人面面相觑，一副搞不清楚状况的样子，问道："没有看到什么？你是说海狸？"

"是我们玩的游戏，我们依据的规则是计算篮状桅杆的个数，你看，当你看到一个篮状桅杆时，就是海狸！这就算赢了一局了，不过艾尔根街已经不能算数了。"

围坐在桌子一旁的美国人依旧面面相觑，一脸茫然地看着对方。博加得开口说道："我明白了，当你和罗尼谁先看见有篮状桅杆的船，谁就赢了对方一局，我懂了，那艾尔根街又是什么呢？"

"那是德国船。经常会被扣下，不过也时常神出鬼没的，在船的前方有帆和索具，看起来就像篮状桅杆一样。不过我敢说，那不过就是些帆脚杆、缆绳罢了，我并没有觉得它有多像篮状桅杆，但罗尼说那就是篮状桅杆，从某一天就开始这么叫它了。后来，有一次他们开着这艘船驶过内湾，然后我指给罗尼看，就赢了他。所以我们最后一致决定不再把这项规则算进去了，懂了吧？"

"哦。"那个用网球类比飞机的人说道，"我明白了，你和罗尼每天开着汽艇来来回回的，原来是为了玩找海狸的游戏呀？不错嘛，你们以前玩过……"

"杰瑞。"博加得打断道，那个英国客人并没有动，他脸上依旧保持着善意的微笑，低头看着正在说话的杰瑞，眼睛大睁着。

杰瑞也看着英国客人，说道："你和罗尼的船尾巴是黄色的吗？就是胆小的小鸡崽的那种黄色。"

"小鸡崽的那种黄色？"英国青年问道，脸上没有笑意了，不过整个表情还是很温和。

"我想或许因为有两个船长，也许他们想把船喷成黄色之类的吧。"

"哦，"客人说道，"波特和李福斯不是军官。"

"波特和李福斯，"另一个人以一种若有所思的语气说道，"所以他们也和你一样出海，玩找海狸的游戏吗？"

"杰瑞。"博加得打断了他们，其他人都看向了他。博加得轻轻偏了偏头，说："过来一下。"那人便站起身跟着博加得走向另一边。"放过他吧。"博加得说道，"我的意思是，他现在还只是个孩子。你想想你在那个年纪的时候，也还什么都不知道吧，只会按时去教堂做礼拜。"

"我们国家可从来没有这样连续打四年仗。"杰瑞愤愤地说道，"我们大老远过来，花着自己的钱，还冒着挨枪子儿的风险，甚至都不是为了我们自己打仗。要不是有咱们，这些英国人早在一年前就得跟着德国人踢正步了。"

"别说了，"博加得说道，"你就像一个搞自由公债的人一样。"

"他们以为这是件公平的事情吗，'好玩儿'？"他用他的假声阴阳怪气地模仿了一下，"但很危险，是吧？"

"嘘……"博加得说道。

"我真想抓住他和罗尼，把他们扔出去，一次就好，任何一个港口都行，哪怕在伦敦的都行。我什么都不想要，一艘小艇就可以了，小艇？去他的，我要一辆自行车够了，还要一对浮圈，让我来告诉他打仗到底是怎么一回事。"

"好了好了，放他一马吧，他马上就会走了。"

"你想要怎么安排他？"

"我准备明天早上带他飞一次，让他坐在前面哈珀的位置。他说过他会用路易斯枪，之前在船上有一把，他跟我提过一次，说他之前有一次击中过一个七百码之外的航标灯。"

"好吧，那是你的事情了，或许他还能打败你呢。"

"打败我？"

"玩海狸啊，你之后可以和罗尼一起比拼了。"

"无论如何，我都会让他们明白什么是打仗的。"博加得说，然后望着英国客人说道，"现在已经是英国人参战的第三个年头了，可他看起来还像个只会在城里找刺激的大二学生一样。"他又再次看向杰瑞说，"但是你现在必须得放过他。"

当他们回到桌子旁的时候，那个客人的声音依旧很大、很欢快：

"……如果是他先拿到望远镜，他就会把船开得更近；但如果是我先拿到，他就会掉转船头，让我除了烟雾什么也看不见。真是倔得要命，实在是太倔了。我刚说过，艾尔根街已经不能算数了。不过，如果我犯了错误，叫错了这个，那就会损失两只海狸。如果罗尼忘记这事，叫错了，那我们就扯平了。"

三

　　那个英国小伙子一直保持着高涨的热情，直到凌晨两点还在兴致勃勃地说话。他的声音依旧洪亮，充满活力。他还告诉他们1914年他的瑞士之行是如何被破坏的。原本他父亲承诺当他十六岁时带他去瑞士度假，结果生日那天，他只能和家庭教师一起去威尔士。不过，那天他们爬得非常高，他敢说站在那儿的视角完全比得上站在瑞士的山上所看到的。"不过就是流很多汗，喘很多气罢了。"他补充道，他周围坐着一圈美国人，看起来比他清醒，年纪比他大，经历得也更多，却仍旧难掩惊讶之色地听着他讲这些经历。他们中有些人已经出去过一趟了，回来时身上穿着飞行服，戴着头盔和护目镜。一名勤务兵端着一个摆满咖啡的托盘走过来，英国客人这才意识到在一片漆黑的外面，引擎声已经响了很久了。

　　最后博加得站了起来："过来吧。我们也帮你找一身制服。"当他们走出食堂时，引擎的声音更大了，像打雷一般。沿着那条隐没在黑暗中的沥青跑道，有一列模糊的影子正在向半空喷发出蓝绿色的火光。他们穿过停机坪来到博加得的宿舍，而中尉麦克尼斯正坐在小床上穿他的飞行靴。博加得俯下身翻找出一套西德克制服，扔在床头，对客人说："穿上这个吧。"

"我还需要这个吗？"客人问道，"我们要去那么久吗？"

"或许吧。"博加得回答说，"最好穿上它吧，上面特别冷。"

于是，客人将制服拿起来，说道："我说，罗尼和我今天还有事情要做，你认为罗尼会介意我迟到那么一会儿吗？或许他都不愿意等我了。"

"我们会在下午茶之前赶回来的。"麦克尼斯一边和那双靴子搏斗一边说，"我答应你。"

"你几点之前必须回去？"博加得问道。

"哦，没事。"英国客人说道，"应该什么时候都可以吧。反正无论如何都是罗尼决定到底啥时候走，如果我晚了一会儿，他应该也会等我吧。"

"他会的。"博加得说道，"拿好你的制服，穿上它。"

"好的。"青年说道，他们帮他将制服穿上了。"以前从来没有上过天呢。"他一副轻松的语气像是在闲聊一般地和他们说着，"我敢说，一定比我站在山上看得远吧。"

"至少能看得更多了。"麦克尼斯说道，"你一定会喜欢的。"

"哦，希望吧，如果罗尼愿意等我就更好了。应该会很有趣吧，不过就是很危险，对吗？"

"走吧。"麦克尼斯说道，"别开玩笑了。"

"闭嘴，麦克。"博加得说道，"来吧，要点儿咖啡吗？"他看着年轻人问道。不过，麦克尼斯很快接话："别了，有比咖啡更有用的东西。沾上咖啡的机翼只会更难洗。"

"沾在机翼上？"英国小伙子疑惑地问道，"为什么会有咖啡沾在机翼上呢？"

"好了，别说了，麦克。"博加得说道，"咱们赶紧走吧。"

于是，他们再次穿过那个停机坪，向正在冒着火光的黑影行进。直到走近了，英国小伙子才辨认出整个飞机的形状。从外观看来，这是一架汉德利·佩奇飞机，它就像一节普尔曼车厢斜插在一栋未完工的摩天大厦的地基上，英国小伙子默默地望着它。

"这个看起来可比一艘快艇大。"他继续用明亮又充满活力的语调说道，"我认真地说，这绝对不可能是整个一大块直接飞上天吧，这可不是开玩笑的事情。我过去也见过它们上天的情形，它们应该是分为两个部分升空的。第一部分是我和博加得上尉一起，第二部分是麦克和另一个在后面的哥们儿。没错，就是这样的，对吧？"

"不是的。"麦克尼斯说道，博加得这个时候已经没影儿了，"它就是一整块一起飞的，全部，就像一只大云雀一样，或者像一只大秃鹰。"

"大秃鹰？"客人喃喃自语道，"哦，我知道了，就像一艘快艇一样飞，我明白了。"

"还有，听着。"麦克尼斯说道，他边说边将手向前伸了一下，将一个冰冷的东西胡乱塞在小伙子手中——一个瓶子，"当你觉得自己不舒服的时候，就喝一口，懂吗？"

"哦，我还会觉得不舒服吗？"

"当然，我们都会有那样的感觉，飞行的时候总是免不了会这样。不过，这个可以帮你止住它，明白吗？"

"什么？还不太明白！"

"别对着外面，不要朝着舷外吐。"

"不要朝着舷外？为什么？"

"会被风吹到波吉和我的脸上，这样会让我们什么都看不见的，如果那样一切就全完了，懂吗？"

"哦，好的，我懂了，那我该怎么做呢？"他们低声密语着，声音很小，就像正在策划一些阴谋一般。

"就把你的头低下，直接吐出来就行。"

"哦，好的。"

博加得在这个时候回来了。"你来给他示范一下怎么进入前舱吧。"他说道。随后麦克尼斯领着他们穿过了舱门，一直向前，逐渐向上攀登，到达机身倾斜的地方时，通道开始变得有些狭窄，大家必须爬着进去。

"爬进去，一路向前爬就行。"麦克尼斯说道。

"这看起来就像狗洞一样。"英国小伙子抱怨道。

"和狗洞差不多。"麦克尼斯愉悦地附和道，"快去吧。"他弯着腰，听见另一个人快速往前爬的声音。"在顶头处你可以找到一把路易斯枪，很好发现的。"他对着通道喊着。

里面传来英国小伙子的回音："找到啦。"

"负责枪炮的那个中士待会儿就过来了，他会帮你检查子弹有没有上好。”

　　"子弹已经上好膛啦。"客人回答道，话音未落就传来了几声枪响。从机舱外传来了大家的叫喊声，从机鼻子下面传来的声音最响亮。"没事的，没事的。"英国客人赶紧回答道，"我朝着西方看清楚后才开的枪，那里什么都没有，除了我们的海军办公室和你们的总部。罗尼和我之前经常这么做，尤其是在出发之前。对不起，我有点儿性急了。哦，顺便说一句，我的名字叫科劳德，可别说我没提过了。"

　　在外面的跑道上，博加得和两个军官本来站在那儿，听到枪响后急忙跑了过来。"他是朝着西边开的。"一个人说道，"他怎么知道哪里是西边？"

　　"他是个水兵。"另一个人说道，"你可别忘了。"

　　"他看起来挺会用枪的。"博加得说道。

　　"让我们希望他上了天以后也没有忘记吧。"第一个人说道。

四

虽然如此，博加得仍然时刻关注着离他十英尺远的地方，过了一会儿，那里有一个脑袋从机舱里冒出来。"他确实会用那把枪。"他对麦克尼斯说道，"他甚至连敲打鼓点都有着自己的节奏，对吧？"

"是的。"麦克尼斯说道，"如果他待会儿也不会忘记那就再好不过了，希望他到时候能认为那是他和他的家庭教师站在威尔士的山坡上往下看吧。"

"也许我不该带上他。"博加得说道，这次麦克尼斯没有回答他。在他们眼前的机枪舱里，那位英国客人还在不断地张望着。"等我们到那儿，卸了货之后就立刻掉头回家吧，"博加得说，"有可能待会儿，还是漆黑一片呢，真不像话，他在这个战乱持续了四年的国家里，竟然一次都没有被枪指过脑袋，这对他来说可真是个耻辱。"

"他要是再不把脑袋缩回去，今晚就能看见这个场景了。"麦克尼斯说道。

不过这个小伙子还是没有这么做，甚至在他们抵达目的地后，麦克尼斯爬下去准备扣动投弹的扳机时，他都没有把头收回去。于是，他们被探照灯发现了，博加得向其他人发出信号以后，便驾驶着飞机往下俯冲。当飞机冲下去的时候，两边的引擎咆哮着，头顶上敌方的炸弹飞来飞去，他们在枪林弹雨中飞快地穿梭着。在这一片炮弹炸开的绚烂色彩中，小伙子的脸上透出的满是孩童般的兴奋和喜悦，没有一丝胆怯。"不过他倒是没有忘记用那把路易斯枪射击。"博加得心里想着，同时将机头压得更低，看着定点目标在准星范围内晃晃悠悠。他举着右手，等麦克尼斯看清他最后的目标后，便将手放下。透过引擎的轰鸣声，他们仿佛能听到炸弹脱离机身时的咔嗒声和破空而坠时的呼啸声。随后，他便又开始忙活起来，驾驶着飞机在炮火中上下穿梭。突然，一束强光照在小伙子身上，亮到足够让博加得看清他的状况。他看到小伙子将整个身子拼命向外倾斜，伸长脖子向右侧的机翼和起落架那里看去。"或许这是他从某本书上面学到的招数吧。"博加得心想，然后转过头，继续驾驶自己的飞机。

随后，一切戛然而止，四下里恢复了宁静，周围显得那么漆黑、冰冷、空荡，甚至安静得有一丝可怕，只剩下引擎轰隆隆地响着。麦克尼斯爬回了机舱内部，站在他的座位前，这一次他发射了彩色的信号弹。接着，他又站了片刻，转身看了一眼，探照灯仍在那里探查着、搜索着。于是，他又坐下了。

"好了。"他说道，"我已经点过了，四架飞机都在这儿了，就让咱们自由翱翔吧。"然后他看了一眼前面，"国王陛下的皇家海军怎么样了？你不会把他系在炸弹上一起扔下去了吧。"博加得看了过去，只见前面空荡荡的，与星辉一比，更显得暗淡模糊了。不过，还是可以看出那里除了机枪以外没有别的东西。"不好！"麦克尼斯急吼道，"看见他没，在那儿，身子完全在外边了，瞧见没？真是见鬼了，我告诉过他别朝外面吐！看！他现在又缩回来了。"说完客人的脑袋便出现在了视野中，不过不消片刻，又消失了。

"他缩回来了。"博加得说道，"阻止他，告诉他，接下来的三十分钟内，德军海峡编队的所有中队随时都可能从我们头上飞过。"

麦克尼斯迅速扭转过身子，摇摇晃晃地走下来，在通道口弯着腰。"给我回来！"他大吼道。这时候那个小伙子几乎整个人都探出机舱外面去了，听到他的话后，小伙子立刻把身子缩了回来。然后他们一起蹲下，就像两只狗一样面对着面，在轰鸣的引擎声中朝对方吼叫着。

"炸弹！"英国小伙子用更尖细的嗓音尖叫道。

"是的。"麦克尼斯大吼道，"这些是炸弹。我们把他们好好地教训了一顿！快给我回来，我告诉你！还有十分钟那些在法国的德国佬儿就会盯上我们！快回到你的机枪位置上去！"

再一次，小伙子尖锐的声音传过来，在噪声中显得很微弱："是炸弹！不要紧吗？"

"是的，是的，没关系的。快回到你的枪那儿，你这个浑蛋！"麦克尼斯说完又爬回他的位置，"他回去了，需要我帮你开一会儿吗？"

"也好。"博加得说着便将操纵权交给了麦克尼斯，"可以把速度放慢一点儿，我很希望他们追上来的时候天已经亮了。"

"好的。"麦克尼斯说道。突然他用力改变了方向。"右翼那里是怎么回事？"他问道，"你看看……瞧见没？我现在正在依靠右副翼同时带动一点点方向舵来操控飞行，感受到了吗？"

博加得过来摆弄了一会儿操纵系统，对麦克尼斯说："我刚刚没有注意到，可能是哪儿的线路出问题了吧。我觉得没有任何炮弹能接近我们。不过，还是多注意一点儿吧。"

"好的。"麦克尼斯说道，"所以，你真准备明天和他一起乘船出海吗？哦不，今天。"

"是的，我答应过他了。没办法，总不能伤害一个小孩子的感情吧。"

"那你为什么不让克利尔和你一起呢，带上他的曼陀林琴？这样你们就可以边出海游玩边唱歌了。"

"我答应过他的。"博加得说道，"把那个机翼稍微抬高一点儿吧。"

"好的。"麦克尼斯说道。

三十分钟以后，天开始亮了，灰蒙蒙的。很快，麦克尼斯说："他们来了，看看他们啊！就像九月的蚊子一样。我希望他现在别太激动，别认为自己是在玩海狸，不然，又要被罗尼比下去了。不过，前提是那帮鬼子得是有胡子的……你想来驾驶一会儿吗？"

五

英吉利海峡在他们下方出现时已经是八点钟了。博加得小心翼翼地操纵着方向，操纵着减速的飞机、迎着英吉利海峡的风，一点点降低高度。他的脸紧绷着，显得有些憔悴。

麦克尼斯看起来也很疲惫，胡子也需要刮了。

"你觉得他现在是在看什么呢？"麦克尼斯问。此时英国小伙子再次把他的大半个身体从右舱探出去，正朝着右翼后面东张西望。

"我不知道。"博加得说道，"或许是子弹孔吧。"他加大了左边引擎的转速，"我们必须得找一个机械师了……"

"如果是为了看弹孔，那他该靠得更近一点儿呀。"麦克尼斯说道，"我发誓我之前看到有一枚追踪弹追着他去了。也许他在看大海，但他可是从英国渡海来的啊，他应该早就见识过了吧。"博加得将飞机拉起，机头高高地翘着，沙子和浪花朝着后面飞快地退去。不过，那个英国小伙子还在定定地看着右翼后面，身子露在外面，脸上一副孩童般天真烂漫的神情。直到飞机完全停稳，引擎关闭，他还是保持着这副模样。紧接着，他便转身回到舱内，没有了吵闹的引擎轰鸣声，这一刻显得格外的静谧，他们甚至能听到他在通道中爬行的声音。两位飞行员僵硬地从驾驶舱爬下来时，他也出现了，整张脸充满了欣喜与期待，声音高亢嘹亮，带着一丝激动。

"哦！我知道了！哦！我的天哪！这也太棒了！这个距离掌握得简直绝妙！哦！天哪！飞机和我们那些水上的玩意儿完全不一样，冲击的时候也完全没感受到压力！"

两个美国人一脸茫然地看着他。"什么没感受到压力？"麦克尼斯问道。"炸弹啊！它也太壮观了！我想我永远也不会忘记这一刻。哦，我说，你们一定都懂的！这实在是太了不起了！"这位英国客人说着，依然激动不已。

麦克尼斯沉默了好一会儿，才轻声问了一句："炸弹？"接着两个飞行员彼此看了一眼，异口同声道："那个右翼？！"然后两个人赶紧从门那儿钻出来，绕过机身，去右翼那儿察看，客人紧随其后也过去了。他们看见有一颗炸弹的尾部正挂在机翼上，弹头正好触碰到沙地，整个弹体笔直地挂着，像个铅锤一样紧靠着右边的轮子。弹头在沙地上划出的细线和飞机轮胎的轨迹完全平行。而在他们身后，英国小伙子还在用他那孩子般稚嫩天真的语气说着："我真的吓坏了，一直在想着要不要告诉你们。不过后来意识到，在天上还是你们最在行了，肯定比我懂得多。这个技术实在是太厉害了。我想我这辈子都忘不掉的。"

六

一个带着刺刀步枪的海军士兵把博加得带到码头上，给他指了小船所在的位置。整个码头空荡荡的，最初，他并没有看到那艘船，直到他走到码头的边缘，才看到下面有两个身穿油腻工作服的男人正背对着他在小船里弯腰干活儿。察觉到有人过来，两个人直起身子看了他一眼，接着又弯下腰继续干起活儿来。

那艘船大约三十英尺长，三英尺宽。整个船身被漆成灰绿的迷彩色，方便伪装。船头部分是上层甲板，有两根粗壮的排气烟囱斜斜地插在上面。"我的天哪。"博加得心里想着，"如果这整个甲板都是引擎……"甲板后面就是控制舱，他可以看见那里有一个巨大的舵和一块仪表盘。一块约有一英尺高的挡板立在船舷边，也被涂成了灰绿色，从船尾一直延伸到甲板前端，再绕过甲板后侧，顺着另一侧的船舷边缘回到船尾，如此这般便包住了整条船，只有后面离船尾三英尺的地方留了一些空当。舵手的座位刚好面对着挡板，有一个直径八英尺的小孔，像一只眼睛。他低头凝视着那艘细长、静止却透露着凶猛气息的船，看到船的尾部安装了一挺可旋转的机枪。然后他又再次看了一眼矮处的船尾，整个被围住的船尾高过水平面不足一码，还有那个空洞地凝视着前方的独眼，他心里默默想着："这是钢做的，钢板。"他的脸色又变得严肃起来，像有很多心事的样子。然后在阵阵寒意下，他将那件防水外套紧紧地扣住了。

听到身后传来的脚步声，他转过身去。不过，那只是一个从机场来的传令兵。他被那位拿着步枪的水兵带过来，手上还握着一个大大的纸包。

"这是麦克尼斯中尉让我带给上尉您的。"传令兵说道。

博加得将纸包接过来，传令兵和水兵便一起离开了。他将纸包打开，里面装着一堆杂物和一张有着潦草笔迹的字条。那一堆杂物里面有一个崭新的黄色丝绸沙发垫子、一把日本阳伞，明显是借来的，还有一把梳子、一卷手纸。字条上面写着：

我实在找不到相机在哪儿，克利尔也不愿意把他的曼陀林琴借给我。不过，说不定罗尼会用梳子弹奏。

麦克

博加得再次看了一眼那些物件，他还是一副心事重重的样子。他重新整理了一下这些东西，把它们包好，拿到了码头边，悄悄地扔进了水里。

当他走回那艘小船旁边时，看见有两个男人走了过来。他一眼认出其中一个是那个英国小伙子——高挑、纤瘦，他正偏着头朝向身边的伙伴，嘴里一直在喋喋不休地说话。他的同伴两只手插在兜里，嘴里叼着烟斗，步伐沉重地走在他身边。英国小伙子依旧穿着那件水手短衣，外面套着一件噼啪作响的油布雨衣。不过头上那顶斜戴着的帽子不见了，变成了一顶脏兮兮的巴拉克拉瓦步兵头盔，帽帘长长地挂在那儿，像是阿拉伯人的头巾一般，在身后飘舞，就像在追逐他的声音一样。

"呜呼！老兄，我在这里！"他激动得在百米之外就大喊起来。

不过，博加得的视线完全放在了另一个男人身上，他想他这辈子还从没有见过身材这般怪异的人。他的双肩微微伛偻着，略显低垂的脸庞透着一股呆板的气息。他比身边的小伙子矮了一头，整个面庞很红润，不过却显得更凝重、冷酷。看起来就像是一个本来只有二十岁的人，却在竭尽全力地想变成二十一岁那般。他穿着一件高领毛线衫和一条粗布裤子，皮夹克外面套着一件全是污渍，长到脚踝的海军军官大氅，一侧的肩章已经不在了，更别提纽扣了，一颗也不剩了。他头上戴着一顶前后都有帽檐的格子猎人帽，有一条细窄的丝巾从帽边伸下来遮住耳朵，绕过下巴，在左耳处打了一个套结，像是绞刑吏惯用的那一种套结。他手肘以下的部分全都隐没在口袋里面，两个肩膀耷拉着，脑袋倾斜着，再加上那脏得难以置信的帽子，使他整个人看起来活像是犯了巫术罪被吊起来的老奶奶。在他的两排牙齿之间还叼着一杆短烟斗。

"他过来了！"小伙子大叫道，"这是罗尼，博加得上尉。"

"您好。"博加得说道。他将手伸出来打了一声招呼，罗尼却一个字也没说，不过倒是将手有气无力地伸了出来，既僵硬又冰凉，上面结着厚厚的老茧。他只是短短地瞥了博加得一眼，然后就转身离开了。不过就在这片刻之间，博加得从他的表情中仿佛读出了一点儿什么，有一种奇异的神情一闪而过。那是一种既隐秘又带着好奇心的尊敬，和一个十五六岁的少年看马戏团表演空中飞人时的表情如出一辙。

不过他一句话也没说，只是默默地往前走。博加得看着他从码头边缘消失了，仿佛跳进了海里。这时他注意到，那艘隐于夜色中的小船，已经发动了引擎。

"咱们也一起上船去吧。"小伙子提议道。说罢他便抬脚朝前走去，不过随即他又停下脚步，碰了碰博加得的胳膊，低声对他说："哇，你看那边！瞧见没？"那尖细的声音中充满了兴奋。

"什么？"博加得也轻声地问道，边说边出于习惯，向后方和上方望了望。小伙子拽着他的胳膊，另一只手指着港口对面的那片海。

"那里！你看，在那边。那艘就是艾尔根街，他们又给它挪位置了。"在港口对面停着一艘老旧的、生着锈的、后腹凹陷的船壳，船比较小，也没有什么显著的特征。不过这时候他突然想起小伙子之前讲过的话，于是，便再次将视线朝着前桅杆处望过去。这次他看到了那里有一团搅在一起的吊杆和缆绳，看起来甚是显眼。不过从这个角度看过去，如果想象力够丰富，确实像一个篮状桅杆。他身边的小伙子一副得意扬扬的样子，"你觉得罗尼有注意到吗？"他小声地说道，"有没有呢？"

"我也不知道。"博加得说道。

"哦，天哪！如果他能够瞅一眼，然后在他还没反应过来之前就先叫出口，这样我们就扯平了。哦，我的天哪！不过也罢了。"说完，小伙子便开始往前走去，仍然是一副笑个不停的样子。"小心点儿。"他说道，"这个梯子有点儿不太好使。"

他说着便下到船上去了，船上的两个人起身向他敬了个礼。罗尼已经进去了，只有后臀还在外面露着，占据了整个舱口。博加得也小心翼翼地爬下梯子。

"天哪。"他说道，"你们每天都得这么爬上爬下吗？"

"很恐怖，对吧？"小伙子用一种欢快的语调说道，"但你也知道的，那些人试图用权宜之计来打仗，然后又奇怪为什么打这么久都没结束。"在这个狭窄的船舱里面，即使是多站了博加得一个人，船体依旧没有很吃水，稍微沉了一下就又浮起来了。"看见没，下去又上来了。"小伙子说道，"露水重一点儿的话，我们都能够在草地上漂浮起来，它穿越水面就像一片纸一样轻盈。"

"真的吗？"博加得问道。

"哦，当然啦！这就是它的优势，你懂的。"博加得其实并没有明白，不过他这个时候可没有工夫去细想这些了，他还在手忙脚乱地想让自己坐下来。那里没有坐板，也没有座位，只有一根从驾驶座一直延伸到船尾的犹如脊椎骨一般又长又粗的圆柱。罗尼已经从船舱回来了，他坐在舵轮后面，正在埋头摆弄着仪表盘。他没有开口说任何话，只是转过身朝身后望了一眼，就又转了回去，不过脸上相比之前还是多了一道油污。男孩此刻的脸上也变得面无表情了。

"好了。"他说道，向前看去，站在那里的一名水手已经看不着人影了，"前面都准备好了吗？"他问道。

"是的，长官。"水手回答道。

另一个水手站在船尾。男孩又问："后面也准备好了吗？"

"是的，长官。"

"松开缆绳。"话音刚落，小船便掉转船头，在咕噜声中离开了之前所在的位置。男孩看着博加得说道："真是一件愚蠢的事情，但还是得这样按部就班地做。也不知道那个愚蠢的四条杠的大长官什么时候会来。"接着，他脸色突然一变，换上一副关切的面容，问道："你冷吗？都怪我考虑不周，没能想着帮你拿一件……"

"我没事的。"博加得连忙摆手说道，不过男孩已经开始脱他那件油布衣了。"不用，真的不用。"博加得赶紧说，"我真的不需要。"

"那你要是冷，一定要告诉我啊。"

"好的，没问题。"他这时候正埋头看坐着的那个圆柱。更准确地说，这个长约二十英尺，宽约两英尺的半圆柱更像一个巨型火炉上的热水罐。这个"热水罐"被横着切开，开口朝下，用螺栓固定在地板上。它的顶部高至船舷，而它与船体两侧之间的距离足够一个人落脚通过了。

"这是'穆瑞儿'号。"男孩说道。

"穆瑞儿？"

"是的，在它之前的那个叫'阿加莎'，灵感来源于我姨妈的名字。我和罗尼一起开的第一艘船叫'仙境中的爱丽丝'。罗尼和我就是里面那两只小白兔。好玩儿吧？"

"你和罗尼已经一起开过三艘船了吗？"

"哦，是呀。"男孩一边说着一边将身子低下来。"罗尼没有注意到呢。"他轻声说道，脸上又再次洋溢着那种明亮欢快的表情。"等我们回来的时候。"他说，"你会看到的。"

"哦。"博加得说道，"你是说'艾尔根街'吧。"然后心里想着："哦，老天啊，我们要开始行进了！"他现在朝外面望去，目光越过船舷，视野中的港口迅速往后退，越来越远。他心里想着：这船开起来的速度完全抵得过汉德利·佩奇起飞时离开地面的速度了。他们现在已经在海面上跳跃了，虽然他们还没驶出这片近港安全海域，他们从一个浪尖跳到另一个浪尖，行进中甚至还伴随着一层清晰的震感。博加得的手在这震感中紧紧地按在那根半圆柱上面，目光随着它的抖动而移动着：从罗尼的座位下面开始，朝着船尾直直地延伸过去，最后斜没入船尾。"我想这里面是空气吧。"他说道。

"什么？"小伙子问道。

"空气。那里面贮藏的东西，所以才能让船漂得更高吧。"

"哦，是的，我敢说是的，很接近了。我以前还从来没有这么想过。"他说着便朝前走来，长长的帽帘在海风中飘舞着，然后他坐在了博加得身旁。船舷边上的挡板将两个人的脑袋遮挡住了。

在他们身后，港口渐渐地消失在海岸线尽头。小船逐渐开始起伏，先是随着浪花上升，之后又猛地扑向水面，造成巨大的震荡，在那一刹那，船身又几乎静止。然后紧接着，又是起起落落，浪花被击打起来，拍在船头，四处飞溅，就像射出的一梭子子弹。"我想你还是穿上这个外套吧。"男孩提议道。

博加得并没有回答他。只是转头看着这张充满活力的脸，平静地说道："我们现在是在外海了吗？"

"是的，你穿上外套吧，好吗？"

"谢谢，不过不用了，我还好。我猜我们也花不了多长时间。"

"好的，我们应该很快就能转弯了。应该很快就没这么糟糕了。"

"对的，等我们转弯了就都好了。"然后他们就真的拐弯了。行船变得不再那么颠簸，至少平稳了许多。小船也没有再使劲地往巨浪中扑了。他们在海浪上穿行，速度越来越快，船身先是向着一边偏去，接着又向着另一边偏去，左右交替着，直叫人头晕目眩。不过小船还是一直朝着前面疾驰，博加得看向后面，脸上还是一副严肃的神情。"我们现在在朝东走了。"他说道。

"稍微还偏向北边一点儿。"男孩说道，"这样能让船走得顺畅一些，对吧？"

"是的。"博加得说道。船尾现在除了空旷的大海，就只剩下那挺轻机枪像细针般微妙地倾斜在翻腾扭动的航迹上，旁边是两名静静蹲伏着的水手。"这样的确会轻松些。"接着他又问，"我们还要走多远？"

男孩将身体一倾斜，靠得更近了，他继续用那欢快的语调说着，虽然声音压低了些，但是依然带着几分自豪："现在是罗尼的展示时间。他有他自己的想法，倒不是说我不能想出来，只是没有他想得那么快。我得感恩嘛，他年纪比我大一点儿，脑子转得也快，毕竟'位高责任重'嘛。今天早上我一告诉他，他就想到了。我说：'哦，我跟你讲呀，我上去过了，我看见了。'然后他说：'你别告诉我你真的飞天上去了。'我说：'是啊！真的飞了。'然后他问我：'飞了多远？别骗我啊。'我说：'哦，那可真是太远了。我们可是飞了整整一晚上。'然后他说：'飞一整晚，那你们岂不是飞去柏林了。'我说：'我也不知道，不过我觉得差不多。'然后他开始思考起来。他在思考的时候我就守在一旁，我也知道他是在思考。因为他年纪比我大，你也知道。他在这方面更有经验，更有见识。然后他又说：'柏林……那对他来说，跟着我们一起在海上来回跑，一定很没意思。'接着他又思考了好一会儿。我等了一会儿说：'我们可没办法带他去柏林，那儿太远了，而且我们也不知道路。'结果他突然开口说：'不过不是能去基尔嘛，而且我知道……'"

"什么？"博加得惊呼，整个人一怔，差点儿吓得跳起来，"基尔？就坐这个去？"

"没错，是罗尼想到的。他很机灵，尽管他有时候很固执。他还说，'去泽布吕赫可不能展现我们的技术。我们一定要让他看看我们的绝活儿，他带你去了柏林，那可是柏林。'"

博加得急忙转过身，正对着男孩，一脸严肃地看着他说："这艘船是做什么的？"

"做什么的？"

"它是用来做什么的？"紧接着，在男孩还没来得及作答之前，他自己突然反应过来了，他用手拍了拍那个圆柱问道："这里面是什么？是鱼雷，对吧？"

"我还以为你早就知道了。"男孩说道。

"不。"博加得说道，"我原本是不知道的。"他的声音听起来就像蟋蟀的叫声一样，透着一丝干冷，仿佛是从很遥远的地方传过来的："你们知道这怎么开火吗？"

"开火？"

"就是怎么让它从这艘船上被发射出去？刚才那个舱口打开的时候，我看到了引擎，它们就在这管子的前端。"

"哦。"男孩说道，"你拉一下那边的小开关，鱼雷自然就会从船尾处脱落，螺旋桨一碰到水就开始转动，这时候鱼雷就准备好了，并且已经上膛。你只要迅速把船身挪开，鱼雷就可以发射了。"

"你是说……"博加得说。过了好一会儿，博加得才再次开口道："你的意思是用船为鱼雷瞄准目标，然后释放它，它开始移动，然后你把船转向一边，鱼雷就会穿过船刚刚停留的那片水域？"

"就知道你会明白的。"男孩说，"我早就告诉过罗尼了。不愧是在天上打仗的人。虽然我们比不上你们那么刺激，但我们会尽力而为。在水上，这已经是我们能做到的最大限度了。不过，我知道你会明白的。"

"你听我说。"博加得说道，他的声音在他自己听来异常平静。船在浪涛中摇摇晃晃地向前驶去，他几乎一动不动地坐着。他似乎听到自己在自言自语："继续问。问他什么？问他要在离船多近的时候发射……"他用平静的声音说："现在，你告诉罗尼，你只要告诉他——"

他能感觉到自己在竭力控制语气中的情绪，但依旧在濒临崩溃的边缘，所以他就干脆停了下来。他静静地坐着，等着自己的声音恢复正常。那男孩现在斜着身子，看着他的脸，用关切的语气说：

"你感觉不太舒服吗？这种吃水浅的小船的确太颠簸了。"

"不是那样的，"博加得说道，"我只是想说，你下了命令要去基尔吗？"

"哦，不，他们说罗尼来决定就好。说只要我们把船开回来就行。这是为你准备的，是罗尼的主意。虽然比起在天上飞，这个可能算不得什么。但是，万一你想要体验一下呢，是吧？"

"是的，去离这儿比较近的地方吧。你看，我……"

"当然，我明白你的意思。所谓的'战时无假，更不远游'嘛。我这就跟罗尼说。"话音刚落，他便快步向船头走去，博加得还是静静地坐在原地。船还在海面上飞驰，博加得静静地望向船尾，望着波涛汹涌的大海，望着一望无际的天空。

"我的老天爷！"他心想，"真是难以置信！还有比这更离谱的吗？"

男孩回来了，博加得转过身，面如土色地望着他。"不去基尔了。去近一点儿的地方，就当是去打猎吧。罗尼说，他知道你一定会理解的。"他边说边将手伸进口袋，摸索了好一会儿，从里面拿出一个瓶子，"来，拿着吧，没忘记你昨晚的招待，现在换我了。对胃有好处，嗯？"

博加得接过来猛喝了一口，喝完后，把瓶子递给男孩，但男孩拒绝了。"当班的时候我从来不碰这玩意儿。"他说，"不像你们，我们这里很守规矩。"

船继续向前航行着。此时太阳快要西沉，但是博加得已经失去了对时间和距离的判断。他透过罗尼脸对面的圆窗，能看见前方泛着白光的海面。他看见罗尼的手握在舵上，他那坚毅的侧脸如同花岗岩般棱角分明，他的嘴里叼着一个熄灭了的烟斗。船继续航行着。

男孩俯身轻拍了一下他的肩膀。他半站了起来，看向男孩手指的位置。离他们大约两英里的地方，在夕阳余晖的映衬下，出现了一艘拖网渔船，它看起来像是抛锚了，在移动一根高高的桅杆。

"是灯塔船！"男孩喊道，"他们的。"在前面，博加得可以看到一个低平的防波堤，那里是某个港口入口。"是航道！"男孩又吼道，他的两条胳膊欢快地挥舞着。"水雷！"他兴奋的声音还在风中回荡，"这东西在我们周围，我们脚下到处都是。好玩儿吧，嗯？"

七

　　一股股浪花拍打着防波堤。小船在海上踏着波浪航行，一层又一层，似乎想要翻越过这些浪峰。当螺旋桨离开水面腾空运转时，引擎似乎是想把自己连根拔起一般嘶吼着。但小船并没有慢下来，当它经过防波堤的末端时，就像一条旗鱼一样抬起了船身，几近直立在海面上。防波堤在一英里外，在它的尽头，微弱的灯光开始像萤火虫一样闪烁。男孩侧过身来说："趴下，有机枪，误入它的射程可能会被攻击。"

　　"我该怎么办？"博加得喊道，"我能做什么呢？"

　　"强壮的家伙！让他们下地狱，对吧？我就知道你会喜欢！"

　　博加得俯身蹲在地上，抬头看着男孩，那张年轻的脸上正挂着凶狠的表情。博加得大声说道："我能开枪，我很在行！"

　　"没必要，"男孩大声说，"让他们第一局吧，就当是个运动比赛，客人，对吧？"他看着前方，说："就在那儿，看到了吗？"他们现在已经驶入港湾里面了，再往前一点儿就是浅水区了。有一艘大货轮停泊在海峡中，船体中间漆有一面巨大的阿根廷国旗。"我们该各就各位了！"小伙子冲他大声喊道。这时，罗尼终于开口说话了。船在平静的水中疾驶而过，它的速度没有放慢，罗尼说话时也没有回头。他只是稍微动了动突出的下巴和紧咬着的冷冰冰的烟斗，从嘴角吐出了一个词：

"海狸。"

小伙子本来还在弯着腰摆弄他称为开关的东西，听到这句话后他猛地站了起来，表情既有惊讶的意味又有一丝愤怒。博加得也向前看了看，只见罗尼的手臂指向右舷。一英里外停泊着一艘轻型巡洋舰，它有着篮子状的桅杆。当他还准备再细看一下时，这艘巡洋舰的尾部炮塔突然开火了。"哦，该死！"男孩大喊道，"哦，又让你赢一局了！真是便宜你了，罗尼！现在我已经落后三局了！"不过，虽然很愤怒，青年还是再次弯下腰来，继续摆弄他的开关。他脸上的愠色荡然无存了，不过那双明亮的、炯炯有神的眼睛里依旧透出一丝警惕。当然，也不能说他是过于严肃，他只是开始冷静下来，在静静地等待着。博加得再次向前望去，他感觉到船身正在船舵的作用下调整位置，随即便以一种惊人的速度直奔货轮。罗尼现在一只手放在舵轮上，另一只手高举过头顶，伸展开来。

不过在博加得看来，那只手似乎永远不会放下来。他蹲着，没有坐下，带着一种无声的恐惧，看着货船船身漆画的那面国旗慢慢放大，就像从铁轨间拍摄的火车头驶近的电影一样。从巡洋舰上发射出的炮弹再一次在他们身后爆炸开来，货轮上也有人开始向他们开火。小船腹背受敌，处在枪林弹雨之中，博加得对这两声巨响充耳不闻。

"伙计，伙计！"他喊道，"我的老天爷呀！"

罗尼的手终于落下。小船再次以舵为支点旋转起来，博加得看到船首高高翘起。他本来以为船身侧面会撞到货轮，但它没有，它毫发无损地在水面上画出一条很长的切线驶了出去。他期待着小船能够安然无恙地向外海前进，把货轮远远甩在后面，但他又想起了巡洋舰，它还在一旁虎视眈眈。"这一次完了，就算我们成功摆脱了货船，还是会被巡洋舰攻击到侧舷吧。"他想。然后他又想起了那艘货船，那枚鱼雷，于是便回头看着那艘货船，想看看它遭受鱼雷撞击的样子，但他却惊恐地发现小船转了一圈后向货船倾斜了。就像在做梦一样，他眼看着自己冲向了敌船，从它屁股底下冲过去，仍然在打着转儿，绕到了另一侧，近到几乎都可以看清货船甲板上的人脸了。"他们应该是没能打中，所以他们想冲过去将鱼雷打捞起来，重新发射一次吧。"他像个白痴一样地幻想着。

直到男孩拍了一下他的肩膀，他才知道原来男孩一直站在他身后。男孩的声音传来，显得很平静："在罗尼的座位下面，有一个摇把手柄，可以帮忙把它递给我吗？"

他找到了摇把，然后递回给男孩，他又开始幻想起来："要是麦克看到了，说不定会以为他们有一部电话在船上呢。"但他没有立刻看那个青年在用摇把干什么，而是看着罗尼，在这弥漫着静静的恐惧的氛围中，他出神地看着那突出的下巴和熄灭了的烟斗。他看着罗尼以最快的速度绕着货轮一圈圈地转着，距离是那么近，近到他甚至能看清楚船壁上的铆钉。过了好一会儿他才开始向后望去，整张脸展现出的是一种焦急和不安，这个时候他才知道男孩在用摇把手柄做什么。

他把它装进了一个小起锚机里，这个起锚机位于靠近头部的管子一侧。他抬头看了一眼博加得的脸。"刚刚没发出去！"他高兴地喊道。

"没出去？"博加得喊道，"不是——鱼雷——"

没等他说完，男孩已经和一个水手开始忙着俯身对付起锚机和管子了："没办法，这东西太笨重了。这种事情总是发生，我还以为像工程师那样的家伙会很聪明，没想到还有这样的事情发生。把它拉进来再试一次。"

"但是弹头，雷管！"博加得喊道，"还在管子里，是不是？没关系吗？"

"当然。它现在应该没问题了，已经有动静了，螺旋桨也开始转动了。我们现在要把它收回来，再干脆利落地发出去。如果我们停下了或速度慢了，它就会追上我们。我们得把他放回管子里。就是这样的，对吧？"

博加得站了起来，转过身，在像旋转木马一样的小船中尽力保持着自己的平衡。在他们的上方，货轮在那儿直打转儿，就像电影里的特效画面一样。"把摇把手柄给我！我来做。"他大喊道。

"稳住！"男孩说道，"别拉得太快了，那样容易被卡在管口。就是这样的！最好还是让我们来做吧，这些事我们可能更擅长一点儿。"

"哦，确实是这样的。"博加得说道，"当然。"这话好像是从别人的口中说出来的一样。他站在其他人中间，斜靠着，双手撑着冰冷的圆管。虽然他觉得自己内心热血沸腾，但是外表看起来相当冰冷。当他看着水手用那壮实而粗糙的手，一下一下地用短促的节奏转动起锚机时，他能感觉到水手全身冰冷地抽搐着，每拧一次，机器便转动一寸。而男孩在管子的顶端处弯下腰，用扳手轻轻敲着钢瓶，像一个娴熟的钟表匠一般，边敲边侧过脑袋倾听。小船还在猛烈的回转中向前冲去。博加得看见一道长长的唾液落在他手上，但却不知是从何处淌下来的，等他回过神来才发现原来是从自己张着的嘴边淌下的。

博加得没有听到小伙子说话，也没有注意到他是什么时候站起来的。他只是觉得船突然直行了，一下将他甩到管子旁边，使他双膝跪地。水手回到船尾，小伙子又弯下腰去研究他的开关。博加得一直跪在地上，只觉得自己像病了一样四肢发软，浑身无力。他没有感觉到船又再次猛烈摇摆起来，也没有听到枪响，不过那是因为巡洋舰怕误伤到货轮所以不敢随意开火，货轮又因为离小船太近了找不到合适的角度开火。他又看见了那面巨大的国旗，在他眼前放大。罗尼举起的手臂也放下了，不过他没有感受到。仿佛他的整个感官都麻木了，即使一切都看在眼里，却感受不到心神的跌宕起伏。不过这一次他很清楚地知道，鱼雷是真的成功发射出去了。在他转身的一刹那，整艘小船就像离开了水面一样，他看到船头像战斗机做翻滚动作时那样冲向天空。他感觉自己的胃已经翻江倒海了，这一次他无法再坚持，只能趴在圆筒上，既没能看到炸起的水柱，也无暇顾及鱼雷爆炸的轰隆声。他只感觉到有一双手揪着自己的大衣，身后响起一个水手的声音："没事，先生，我扶着你。"

八

一个声音和一只手唤醒了他。他半坐在狭窄的小船右侧的过道上，双腿搭在圆筒上。他呆坐在那儿好一会儿了，一直保持着这个模样。直到感觉到有人给他披了一件衣服。"我没事。"他说道，"你留着吧。"

"我不需要。"男孩说，"我们现在回家去。"

"对不起，我……"博加得说道。

"没事的。这种船就是容易反胃，多吐几次就习惯了，罗尼和我最开始时也是这样的。每一次都这样，你或许都不敢相信。谁敢相信人的胃竟然能装这么多，拿着。"男孩又给博加得递来那个瓶子，"喝一口吧，胃会舒服很多。"

于是，博加得喝了一口，不久之后他就觉得舒服多了，整个人都暖和起来了。

当再次被一双手触碰之后，他才意识到自己刚刚睡着了。

唤醒他的还是那个小伙子。小伙子身上的水兵外套对他来说太小了，或许是缩水了。在袖口下面，他那像姑娘一样又细又长的手臂冻得发青。然后，博加得意识到搭在他身上的衣服是谁的了。但博加得还没来得及说话，男孩就俯下身来，脸上洋溢着喜悦，低声说道："他没有注意到！"

"什么？"

"艾尔根街！他没有注意到他们换过桅杆了。天哪，这样我就只输他一局了。"他明亮而热切的眼睛紧紧盯着博加得的脸继续说道，"海狸，你知道的，我之前说过。你有没有感觉好多了呢？"

"是的。"博加得说道，"好多了。"

"他根本就没注意到。哦，天哪！哦，真是天助我也！"

博加得站起来坐在管道上。海港的入口就在前面不远处，小船略微放慢了一点儿速度。夜幕刚刚降临。他平静地说："这种情况经常发生吗？"男孩疑惑地看着他。博加得碰了碰管子："这个，没能发出去的情况。"

"哦，是的。所以他们才要把锚机放在上面。不过那也是出了事之后才想出的办法。造出了第一艘船以后，有一次，整艘船都被鱼雷炸开了。然后，就把锚机带上了。"

"但还是时不时会有这种情况发生吧，即使是现在？我是说即使现在用锚机压住了，不是也有可能会炸着自己吗？"

"唉，这可真不好说，当然了。有些船出去了就再也没有回来，也许他们遇到了敌人袭击，但也可能是这种原因吧，而且也没有听说有谁被俘虏了。或许就是这样吧，但我们的船倒是没有出现过这样的状况，至少现在还没有过。"

"是的。"博加得说道，"是这样的。"他们驶进港口后，飞驰的小船才终于放慢了速度，平稳地穿过洒满夕阳余晖的浅湾。男孩再一次将身子倾斜过来，声音里面充满了喜悦。

"现在别说话，是时候了！"他坐直了身子，"大家都注意了！"他站起来，拔高了声音说道："我说，罗尼啊。"罗尼并没有转过头，不过博加得可以看出他在竖着耳朵听。"那一艘阿根廷船真是让人惊喜！对吧？在那儿，你们认为它是怎么从我们旁边经过的？不过它也有可能就一直停留在那儿。总会有法国人买小麦吧。"他说着说着突然停了下来，脸上流露出一丝恶狠狠的表情，就像是一个迷路的天使，脸上却有恶魔的表情。"我说，我们看到这艘奇怪的船停在这儿有多久了？有好几个月了吧？"他又倾斜了一下他的身体悄声说道，"看我的，好戏马上就要开始了！"不过博加得并没有看到罗尼的脑袋转动。"但他眼睛肯定在动！"男孩压低嗓门，轻呼一口气道。罗尼确实是在偷偷观察着，而他的头也确实没有动。接着，映入眼帘的是那一艘被扣留的船只，暮色笼罩之下，显得很模糊，形状像个篮子。罗尼再一次将胳膊举了起来，指着船桅，他的头还是没有动，只是从那张叼着已经熄灭的烟斗的嘴巴里吐出一个词："海狸。"

男孩就像一根突然被松开的弹簧一样弹射起来，又像一只突然被解开项圈之后重获自由的狗。"哦，该死！"他大叫道，"不对！那是艾尔根街！这个不算！我赢了你一局了！是不是，罗尼？我是不是赢一局了？"

小船渐渐放慢速度直至变成空挡，开始靠近岸边。罗尼第三次开口了，也是最后一次，说道："是的。"

九

"我想要一箱苏格兰威士忌,要咱们这儿最好的。把它包好,要送进城里去的。而且我想要一个有责任心的人来送它。"博加得说道。

过了一会儿,来了一个值得信赖的人。博加得指着包好的威士忌对他说:"这是给一个孩子的。你会在一条名叫'十二小时'的街上,在咖啡馆附近的某个地方找到这个孩子。他应该会躺在排水沟里吧。一个身高大约六英尺的孩子,很好认,你应该可以一眼就认出他来。或者任何一个英国宪兵应该都能带着你去找他。如果他睡着了,不要吵醒他。坐在那里等他醒来就好,然后给他这个,告诉他这是博加得上尉送给他的。"

十

大约一个月后，一份《英国公报》漂洋过海出现在了美国军用机场中，报纸在伤亡名单栏刊登了一则消息，上面是这么写的：

失踪：鱼雷艇XOOI。皇家海军预备役海军候补少尉R.B. 史密斯与L.C.W. 霍普，副水手长波特与一等水兵李福斯。属海峡舰队轻鱼雷部队。未能从海岸巡逻任务中返回。

不久之后，美国空军司令部也发布了一则公告：

特别表彰在超越常规职责范畴所展现出的非凡勇气。H.S.博加得上尉和他的机组人员，包括达雷尔·麦克尼斯中尉、航空炮手瓦茨与哈珀。在一次无侦察机护航的日间袭击中，摧毁了敌军防线后数英里处的一个弹药库。此后，面对数量占优的敌机围攻，他们继续利用剩余炸弹对位于布兰克的敌人军团总部进行了轰炸，致使总部城堡遭到部分毁坏，最终全员安全返回。

对于他们的这一壮举，再补充一点：如果它最终失败了，而博加得上尉能够活着脱身的话，他将被立即送到军事法庭，受到严厉的军事审判。

这个时候，在另一个地方。他正驾驶着那架还挂着仅剩两枚炸弹的汉德利·佩奇飞机，向那座总部城堡俯身冲刺而去。此时，敌军的将领们还在城堡中安逸地享用着午饭。他身下控制炸弹开关的麦克尼斯早已经冲着他大喊大叫了，却一直没有等到他发出信号。直到飞机已经俯冲到近得可以分辨出屋顶上一片一片的石板瓦时，他才大手一挥，发出命令，然后骤然拉起飞机，使机头突然一转又直冲云霄。在飞机炸弹的咆哮中，他微微张开双唇，呼吸声嘶嘶作响，心中只有一个坚定的念头：天哪！天哪！如果他们全都在那儿就真的太好了——所有的将领，所有的海军上将，所有的总统，国王——他们的，我们的——所有的人，一个也不能少。

烧马棚

在一处弥漫着干酪味的商店里，和平法庭的治安官正在审理案件，四周挤满了人。在这个拥挤的房间后面，一个小男孩正蜷缩在木桶上，闻着浓郁的干酪味。从他坐着的地方，可以看见在一排排货架上紧紧地挤着矮胖矮胖的、圆圆滚滚的罐头。这些罐头每一个他都能分清楚，但不是从它们的标签上区分的，毕竟他大字不识一个，而是通过罐头包装上面画的猩红色的肉和如银色弯钩般的鱼识别的。他不但能闻到干酪味，甚至似乎能闻到那密封罐头里的肉的味道，两者断断续续，互相交替萦绕着，气味短暂消散后，另一种持续的味道便显露了出来。一种含有一丝恐惧的气息，但不是很多，因为更大一部分是绝望和悲伤，男孩感受到一股热血上涌。他看不到治安官坐着的地方，在治安官面前站着的是他的父亲和他父亲的敌人（他在绝望中这样想：那可是我们的敌人啊，不光是我爸爸一个人的，也是我的。因为那是我的爸爸啊！所以敌人不光是他的，也是我们的！）。他能听到他们说话，当然，只能听到两个人的，因为他爸爸还一句话都没说过。

"可是，你有什么证据呢？哈利斯先生？"

"我已经说过了，他的猪跑进了我的玉米地，我抓住了猪并且还给了他。我也告诉了他、警告了他，他的篱笆根本拦不住这猪。第二次猪又来了，我将它关在了我的栅栏里。他来我家接猪时，我给了他足够的铁丝去修补他的栅栏。结果这样的事又发生了第三次，我只好留下那头猪，替他喂养。我后来去他家看过一眼，发现我给他的那卷铁丝原封不动地捆成一圈放在他的院子里。我告诉他，如果他愿意给我一美元的喂养费，就可以把那头猪带回家。那天晚上来了一个人付了一美元将猪带走了，是一个陌生人。他说：'他让我带一句话，干木头，一点就起火。'我问：'什么？''那是他让我告诉你的。'那人说：'干木头，一点就起火。'那个夜晚，我的马棚就着火了，我只将牲口救了下来，但是却损失了我的马棚。"

"那个人在哪儿呢？你抓住他了吗？"

"他是个我从来没见过的人，我给你讲过了。我不知道他后来去哪里了。"

"但这就不能当作证据了。你明白吗？就不作数了。"

"将那个男孩带过来，他知道整件事情的来龙去脉。"一开始，男孩以为那个男人说的是他的哥哥。可是哈利斯紧接着说："不是他，是更小的那个，小男孩。"男孩正蜷缩着，小小的年纪，长得瘦瘦的，但像他爸爸一样结实。他穿着一条小得不得了的、打着补丁的、褪了色的裤子，留着一头直立、蓬松的棕发，一双灰色的眼睛充满愤怒，像是风暴来袭一般汹涌澎湃。板着脸的人们给他让出了一条路，对面走到头儿是个一副寒酸样的治安官，他没佩戴硬领，头发斑白，戴着眼镜，这位治安官正向男孩招手。男孩顿时觉得自己光着的脚丫没有了任何触到地面的感觉，旁边冷酷的人群仿佛向他施加了极大的压力。他的父亲，穿着最体面的黑色外套，却连看都不看他一眼，不过这件外套不是为了打官司而穿的，而是为了搬家。那种致命的悲痛与绝望感再次涌上心头，男孩心想：他想要我撒谎，这谎话我似乎是不得不说了。

"你叫什么名字呢？小男孩。"治安官问道。

"萨特立思·思诺普思上校。"男孩轻声说道。

"什么？"治安官说着，"大点儿声，萨特立思上校？我怀疑在我们这儿叫萨特立思上校的人是不会说假话的，对吧？"男孩没有说话，但心里想着：敌人！敌人！有那么一瞬间他甚至觉得他什么都看不到了，其实治安官还是一副很和蔼的样子，但他没看到，也没看到治安官和那个叫哈利斯的男人讲话时不耐烦的脸色。"你想要我再问问这个男孩吗？"治安官问道。这次男孩听到了，虽然并没有办法分辨出语气。接下来的几秒钟显得很漫长，除了轻微的、急促的呼吸声，整个拥挤的房间一片寂静。男孩觉得自己就像是抓着葡萄藤的最远端在向外荡，身下是万丈深渊，荡到顶点，突然不再有引力，一种完全失重的感觉。

"不用了！"哈利斯气急败坏地说道，"真是见鬼了，把他送走吧！"这下男孩能感受到时间又在脚下流转开来。干酪的味道、罐头肉的气息、恐惧、绝望，还有一如既往的那令人悲伤的烦恼，都一起涌了过来。

"那我宣布本案就此结束。我没有办法给你定什么罪，思诺普思，但是我想给你个建议，离开这个小镇，以后再也不要回来了。"

男孩的父亲这才第一次开口，他用冰冷而又粗糙的声音毫无起伏地说道："我也正有此意，我可不想再待在有这种人的地方了……"之后的话实在太恶劣了，让人完全听不下去。

"那样最好了。"治安官说道，"天黑之前坐着你的马车走吧，此案结束了。"

见他父亲转过身，男孩也跟上去了，在那件硬邦邦的黑色外套下，是瘦长而结实的身躯。但是，他走起来却有点儿跛脚的样子，那是因为三十年前他偷了一匹马逃跑时，被一个宪兵打中了脚后跟。在他俩身后，男孩的哥哥也从人群中钻出跟了上来，哥哥没有爸爸高，比爸爸壮一点儿，嘴里还嚼着烟叶。父子三人穿过神色严肃的人群，走出了商店，穿过破旧的门廊，跨过歪斜的台阶，狗群和半大的孩子在四处游荡，周遭是五月温和的尘土气息。这时传来一声低语：

"烧马棚的家伙！"

男孩再次觉得自己什么也看不见了。眩晕中，他看见一张出现在红色血雾中的脸，像个月亮，却比满月大一些。脸的主人个头儿看起来还没有男孩一半高，他朝着这张红雾中的脸扑过去，虽然摔在了地板上，但他觉得并没有挨打，也丝毫不害怕，于是再次爬起来扑过去，但依旧没有被打中，也没有尝到血腥味。等他再爬起来，看见那张脸的主人已经跑开了，他想要追过去，却被父亲一把揪住衣领，那尖哑冷酷的声音在他头上响起："到马车上去。"

马车停在大路对面的一片刺槐和桑树丛中。他两个笨拙的姐姐穿着隆重的裙子，他妈妈和姨妈穿着印花棉布裙、戴着遮阳帽，已经在车上等着了，都坐在一堆杂物中。在经历了十多次搬迁之后，男孩依旧能记得清这里的每一样东西——破旧的香炉、破损的床和椅子、一只永远停留在两点十四分的嵌了珍珠的闹钟，这是他妈妈以前的嫁妆。母亲抽泣着，见到儿子走过来，用袖子抹了一把脸，想要下车来迎接他。"回去。"他父亲呵斥道。

"他受伤了，我要去接点儿水来洗一下他的……"

"回到车上去。"他父亲说道。男孩爬过挡板，上了车。父亲登上驾席，哥哥已经坐在那儿了，父亲用剥落的柳条狠狠地打了两匹瘦弱的骡子两下。不过，他并不是在拿骡子撒气，也不是在虐待牲口，这更像是和多年以后后辈们在开车之前发动引擎让车空转，是同一种习惯。马车上路了，把站立在商店前围观的人们甩在了后面，随后又消失在路的拐弯处。永别了，男孩想着。也许他现在可以满意了，既然都已经——他赶紧止住自己的想法，甚至不敢对自己讲出口了。他的母亲用手摸了摸他的肩头。

"还疼吗？"她说。

"不疼了。"他回答道，"已经不疼了，没事的。"

"血都要结块了，不擦一下吗？"

"我今天晚上会洗的。"他说道，"没事啦。"

马车依然前进着，不过他不知道他们要驶向哪儿。他们中也从没有人问过，因为无论如何，马车走上两三天之后，总会有一个目的地，总会有栋房子在等着他们。看起来他的父亲早就做好打算了，安排好另一块庄稼地来种植，在他做这个之前……他再一次止住了他的想法，父亲永远都是这个样子。他像狼一般独立果敢，说是勇敢无畏也不为过，这一点足以震撼陌生人。也许陌生人察觉到他内心深处隐藏的那股猛烈而凶悍的力量，但并不会觉得这是可靠的，反而认为，这个人对自己所做的事情抱有绝对的信心，坚信自己永远不会出错。而且，任何人只要与他的利益相吻合，似乎就能从中分得一杯羹。

那天晚上他们在一片树林中露宿，那里有橡树和榉树，旁边还有一条穿流而过的小溪。那个夜晚很冷，刚好附近的铁轨旁有木栅栏，他们便取来劈成几段，生起火来抵御寒冷。火不是特别大，不过柴火堆得很整齐。真是吝啬！在野外生这样的小火一直是他父亲的习惯，就算是在非常寒冷的天气中也是这样。倘若男孩再大点儿，他或许会记住这件事并且会好奇：为什么不生一堆更大的火呢？为什么他父亲这样一个目睹过战争的奢侈浪费，且骨子里贪得无厌的人，明明眼前有这么多可以烧的，却不烧个痛快呢？进一步想想，或许他能想到理由：这堆略显吝啬的小火，对他这个牵着一群马（爸爸称它们为俘获的马）在林子里东躲西藏的父亲来说，是一簇助他撑过漫漫长夜的生命之火。若他年纪再大一点儿，他或许能探索出真实原因：火这个元素，象征着一个更深刻的隐喻。就像有的人崇拜刀枪和火药的力量，而他父亲则崇拜火的力量。若是火熄灭了，这一呼一吸之间倒像是多余活着了。因此，他的父亲将这团火视作是神圣的，用火时也是非常小心谨慎的。

不过他现在太小了，不会悟出其中这般深沉的原因，自打记事起，他从未见过除了这样的火以外其他样子的火堆。他只管坐在火堆旁吃着晚餐，当父亲叫他的时候，他几乎快要在他的铁盘子旁边迷迷糊糊地睡着了。再一次，他站起身来跟着那挺直的背影，跟着那僵硬的一瘸一拐的步伐，一起走上了一个斜坡，来到了一个洒满星光的路口。男孩转过身，看见背对着星光的父亲，父亲的脸隐藏在黑暗中，整个人像是黑暗中的剪影一般，身穿一件盔甲般的男士大礼服，看起来显然不是为他量身打造的，显得毫无生气。他的声音也硬得像块铁皮，冷冰冰的，没有温度。

"你差点儿就要告诉他们了，差一点儿你就说了。"男孩没有回答，他父亲在他脸上扇了一巴掌。父亲打得很重却不带火气，就像他在商店门口打了两头骡子一样，也正如他为了打死马蝇，会抄起棍子向骡子身上打去。他冷冰冰不带一丝情绪的声音再次响起："你就要长成一个大人了，必须要长点儿脑子了，你得知道你身上流着的是谁家的血，你不好好捍卫它，也不会有谁来捍卫你。你认为今天早上的那群人里面会有保护你的人吗？不会的。你不知道他们只想抓住一个能搞垮我的机会吗？毕竟他们清楚他们是干不过我的。"男孩在二十年以后自嘲地想过这件事："如果那时候我说他们那群人只是想要正义公平，也还是免不了会挨一顿打吧。"不过，当时的他什么都没说，也没有哭，他只是默默地站在那里。"回答我。"他父亲说道。

"明白了。"他轻声说道。他的父亲这才转过身去。

"去睡吧，明天我们应该就能到了。"

次日，一行人抵达了目的地。刚过正午没多久，马车停在了一处双开间的小屋前。男孩这十年间见过的类似结构的房子有不下十几座了。同样，这次也发生了和之前十几次一模一样的情形，在他的两个姐姐、父亲和哥哥还没动的时候，他的母亲和姨妈已经跳下马车，开始搬起了东西。

"这样子的屋子，怕是猪都住不下吧。"他的一个姐姐说道。

"怎么可能，你不久后就会习惯了，说不定你还会喜欢到不想走了呢。"他父亲说道，"离开那把椅子，去帮你母亲搬点儿东西吧。"他的两个姐姐这才动起来，两人体壮如牛，她们一动起来，满身廉价的丝带便一起飘舞。一个姐姐从杂乱的马车厢里抽出一盏破旧的提灯，另一个姐姐拉出一把烂扫帚。他父亲将缰绳递给他哥哥，僵硬地从车上下来，说："等东西卸完后，就把牲口拉到马棚里去喂一下。"吩咐完后，他又接着说："跟我来。"男孩还以为这是对他哥哥讲的。

"我吗？"他问道。

"是的。"他父亲说道，"就是你。"

"艾博纳！"母亲叫住父亲，他停下脚步，转过头去，在他灰白的眉毛下，射出严厉的目光。

"从明天开始，就要给人卖八个月的命了，我总得过去打个招呼。"

父子俩又转身沿路往前走。若是一周以前，或是昨晚之前，男孩可能还会问一下他们要去哪里，但是现在他不会再问了。父亲在昨晚之前也那样打过他，但是从未在打骂之后解释一下原因。每次挨过一记耳光过后，还会有冰冷而粗暴的辱骂等着他。那些难听的话语久久萦绕在他耳边，怎么也散不去。不过，他倒是从中明白了一个道理：羽翼未丰时根本无法掌握自己的命运。他只能被父亲操控，根本没办法做出什么反抗。如果他想要改变整个事件的走向，以他的年龄和能力来看，可以说是痴人说梦。

不一会儿，映入他眼帘的是一片橡树和雪松混杂的树林，还有一些其他的枝繁叶茂的树木。虽然要去的宅子还没到，但应该也不远了。他俩沿着长满忍冬和金樱子的篱笆走过去，来到一扇敞开的门前。大门两边立着的是砖堆砌而成的柱子，有一条向内延伸的车道，顺着车道望过去，男孩看见了位于尽头处的那座房子。那是他第一次见到那座房子，他看见房子的一瞬间，仿佛忘却了恐惧和绝望。当他回过神来，父亲已经走远了，不过恐惧和绝望一去不返了。毕竟搬了十几次家，他们所逗留之处皆为穷苦之地，不管是村庄、田地或者是房屋都小得可怜，他从未见过如此豪华气派的宅子。他心里默想着：可真是大得像一座庄园呀。此时，他的心中充满了平静与喜悦，但这其中的缘由他可能无法用言语表达出来。其实，主要是因为男孩觉得住在这里的人，爸爸可能惹不起。像这样过着宁静与体面生活的人们，是超出他的能力范围的，他对他们来说不过是只嗡嗡作响的、恼人的蜂而已，除了偶尔叮咬他们一下，做不了别的任何事情。这样的宁静和体面就像一个有魔力的咒语，护住了一间间的马棚、牛棚，不论他的父亲有多么图谋不轨，做出多么不道德的事情，对他们而言，也只是微不足道的火花，没有任何威胁。不过，那份宁静与体面却随着那抹硬挺的黑色身影的回归而骤然消失，是那抹虽然硬朗但一瘸一拐的身影，父亲的这抹身影，在这所大房子的映衬下，甚至并没有显得有多么矮小。虽然父亲无论从哪个角度看起来都不高大。可现今，在旁边庄严伫立的圆柱的映衬下，他父亲更展现出一种无动于衷的气魄。他像是被人无情地从白色铁皮上剪下来的薄薄的人形，薄到就算对着阳光，也不会映射下影子一般。他的目光追随着父亲，男孩这才意识到他父亲已经踏着坚定不移的步伐走远了。道路旁有一堆新鲜的、刚刚留下的马粪，原本父亲只要稍微挪一步便能避开的，他却不偏不倚地、坚定地踏入了粪堆中。不过情绪的潮起潮落只在须臾间，男孩也不知该如何用言语表达出其中的缘由。在走过去的路上，他还沉迷于他的豪宅梦中无法自拔，他多么渴望拥有这座豪宅呀！不过他的渴求中不带有嫉妒和悲伤。他根本不知道，走在前面的"铁皮人"父亲此刻的内心翻江倒海。这个男人对宅子的主人嫉妒极了，他巴不得一口吞下这座大宅子。天真的男孩还在想，或许父亲也能有这样的感受呢，或许他犯错只是一时失控，也许这座大宅子的魔力能够让他有所改变呢？

他们穿过门廊之后，他听出了父亲的跛脚落在地板上像时针一般有规律的嘀嗒声，一次次敲打着地板。这声音和他的身子移动的幅度完全不成比例，这抹身影立在这座白色大门前，在大门的映衬下显得一点儿都不矮小。也许，父亲心中这浓浓的贪欲和恶念已经将他的身躯缩到了最矮小，没有任何东西能够再让他显得矮小了。他的黑帽子已经变得扁平，身上那件曾经是黑色的细呢子大衣，已经被磨出了油光，甚至泛出丝丝的绿光，像是老房子中大头苍蝇的颜色。这些，父亲好像都不在乎。他不在乎举起手臂袖子就显得空荡荡，也不在乎弯曲手臂时袖子像个鸡爪。他什么都不在乎，只是安然地披着那件黑色大衣。大门很快就打开了，男孩明白他们刚刚所有的一举一动都处在这个仆人的视野中。站在面前的这个仆人看起来上了点儿年纪，不过一头斑白的头发被梳得整整齐齐，身穿一件亚麻布的夹克，他一站出来就用他的身体将门堵得严严实实的，说道："将你们的鞋子擦干净了才能进来。少校现在不在家。"

"别挡我的路，老头儿。"父亲冷淡地回了一句，然后连人带门一起往里使劲一推，帽子也不摘，头也不回地就走了进去。接着，男孩看见他父亲的脚印一点一点地印在整个屋内，先是从门框开始，接着，那浅色地毯也遭了殃，他父亲的跛脚就像一台机器一般显得从容不迫，在他沉重的步态下，那一脚下去的分量看上去有他体重的两倍大。仆人在他身后惊慌失措地叫道："露娜小姐！露娜小姐！"此时男孩已经走进屋内，映入眼帘的是优雅的、铺着地毯的楼梯，一个有着闪闪发光的吊坠的吊灯，墙上描金的画框闪闪发亮，男孩仿佛置身于暖流之中。在他们身后，传来一阵急促的脚步声，男孩看见了一个小姐，他以前从未见过这么优雅的小姐，她穿着一件光滑柔软的灰色长袍，领口处还绣着花边，在她的腰间系着一条围裙，袖子被高高卷起。只见她一边用毛巾拭去刚刚做糕饼时留下的灰面，一边向这边走来，她并没有将目光投向男孩的父亲，而是以难以置信的目光看着金色地毯上的污渍。

"我试着拦过他了，可是我拦不住啊！"仆人都快哭出声了，"我告诉他……"

"请您出去好吗？"这位女士用颤抖的声音说，"德斯班少校不在家。请您出去好吗？"

他的父亲什么话都没说，也没打算说什么，他甚至都没再看她一眼，就那样戴着帽子，直直地站在地毯的正中间。接着，他开始边审视着整个屋子边在脑中思考，他铁灰色的眉毛轻轻地抽搐着。后来，他似乎终于记起应该谨慎一些，这才小心地转过身来。男孩看见他以那条好腿为轴心，用跛脚画出一道圆弧，在地毯上留下一道长长的、淡淡的痕迹。父亲根本就不在意这些，更不在意地毯。仆人将门打开了，等父子俩刚刚踏出门去，便赶紧把门关上，屋子里传出女人歇斯底里的尖叫声，但是隔着门，也渐渐听不分明了。他的父亲将脚停在台阶上，用台阶的边沿将靴子擦得干干净净。走到大门口时他又停了下来，僵直的腿支撑着他僵直的身体，他回头看着宅子。"很漂亮的白房子，是不是？"他父亲说道，"那是用血汗建成的。"

两小时后，男孩已经在屋后劈柴了，他的母亲和姨妈还有两个姐姐在屋子里生火做饭。当然，他知道只会是他的母亲和姨妈出力，而不是他的两个姐姐，即使是隔着这么远，甚至中间还隔着一面墙，他也能从她俩聒噪的嗓门儿中，感受到那无可救药的懒惰气息。突然男孩听到了一阵马蹄声从远方传来，一个穿着麻布衣的男子正骑着一匹品种优良的栗色母马过来，身后跟着一个年轻人，年轻人骑着红色大马，还夹着一卷地毯。男孩甚至还没看到那卷地毯，就已经反应过来他是谁了。一个满脸怒火的男人像风一样席卷而来，却又在屋前消失了踪迹，他的父亲和哥哥正搬了两把歪斜的椅子坐在那儿懒洋洋地晒着太阳。不一会儿，甚至时间短到他还没来得及将斧头放下，他又听见马蹄声响起。他看见那匹栗色的母马掉头从院子里退了出去，再次撒开蹄子奔腾而去。紧接着，他听到父亲开始大声呼喊着其中一个姐姐的名字，没过多久，便看见他姐姐一手拉着地毯的一端，沿着地面拖拽着，从厨房门口倒着身子走出来。而另一个姐姐手上什么也没拿地跟在后面。"如果你不打算抬，那你就去将洗衣锅架起来吧。"走在前面的姐姐说道。

"你！撒尔特！"走在后面的姐姐喊道，"你去，把那口洗衣服的锅架起来！"父亲循着声音来到门口，不久前的他还置身于富丽堂皇中，而现在的他却在这一片破败中，不过对他来说，两者仿佛并没有什么不同，他一直都是一种漠然的态度。在他肩后的一侧，出现了母亲那张焦急不已的脸。

"继续啊。"父亲说道，"将它捡起来。"两个姐姐只好弯下腰，既臃肿，又毫无生气的样子，一眼望去，她俩就像一块让人难以置信的白布，又大又宽，系着廉价的丝带，完全飘在一起。

"如果是我，大老远从法国运回来的地毯，但凡我对它上点儿心，都不会把它放在任人践踏的地方。"第一个姐姐用这样略带不屑的语气说道，边说她俩边将地毯抬起来。

"艾博纳。"母亲说道，"让我来做吧。"

"你回去做饭。"他父亲说道，"这里我来弄。"

整个下午，男孩都在柴堆这边望着他们，看着这里发生的一切——在冒着滚滚蒸汽的洗衣锅旁边，地毯被平铺在尘土中。两个姐姐弯着腰匍匐在地毯上，一副无精打采又不情愿的模样。她们的父亲站在一旁看着，一副冷酷无情的样子，虽然他一个字也没说，但是却有一种无形的威慑力，驱使着她们好好做事。男孩在一旁闻着她们洗地毯时刺鼻的碱味。他看见妈妈来看过他们一次，表情已经不再是焦虑了，更像是绝望。他看见父亲转过身，在他举起斧头的时候，余光瞅见父亲从地上捡了一块扁平的碎石，仔细地看了一眼，然后转身走回锅边。这一次，母亲忍不住说了一句："艾博纳，艾博纳，不要这样可以吗？求求你了，艾博纳。"

　　当男孩干完手上的活儿时，已经接近黄昏了。夜莺早就开始鸣叫了，他甚至闻到了咖啡的香味，一般晚饭的时候，他们一家人会一起吃一些中午剩下的冷饭。不过他进屋时发现大家已经喝起了咖啡，后来他意识到这是因为灶台上还生着火，地毯正搭在灶台前的两把椅子上。父亲留下的脚印已经消散了，取而代之的是一条条长长的水印，仿佛一台小型割草机在上面胡乱割出来的一样。

　　当他们吃完冷饭冷菜，准备上床休息时，地毯依然搭在椅子上。两间房里，横七竖八地摆放着床铺，毫无秩序。男孩的妈妈在其中一张床上睡着，他爸爸回来也会睡那一张床，哥哥一个人睡在另一张床上，姨妈和两个姐姐则是睡地铺。但是他的爸爸到现在还没有上床。男孩眯着眼睛正要入睡，却看到一道黑影趴在地毯上。他还来不及睁大眼看清楚，那道黑影就走到了他身边。原来是戴着帽子、披着大衣的父亲。父亲身后的炉火忽明忽暗，接近熄灭，男孩被那只跛脚给踢清醒了。"去将那头骡子牵出来。"他父亲说道。

当男孩将骡子牵过来时，父亲已经扛着卷在一起的地毯站在黑黑的门洞里面等着了。"你不骑吗？"他问父亲。

"不，把你的腿伸过来。"

他曲起膝盖，让父亲用手托住。父亲一用力，一股令人惊讶的力道通过膝盖传递到男孩身体里，带着他不断上升，将他送上了光秃秃的骡子背上。男孩记得他们以前也拥有过一个马鞍，不过已经不记得它被放到哪儿去了。然后，在同样的力道下，父亲将地毯也递上来了，毫不费力的样子。星光下，父子俩沿着下午走过的路前进，途中经过了一片开满忍冬的泥土地，穿过大门后，他们沿着黑乎乎的车道来到了一座漆黑的宅子面前。男孩还坐在骡子背上，他感觉到毛茸茸的地毯在腿边擦了一下，便被父亲抽走了。

"需要我帮忙吗？"他轻声说道。父亲并没有回答他。现在他再次听到那跛脚敲打在地上的声音，故意走得很用力，一声声回荡在门廊间。地毯被父亲从肩上狠狠推落，撞在墙角，发出了一声巨响。接着，脚步声响起，不紧不慢，却响得出奇。这时一束光在宅子中亮起，男孩坐在骡子上紧张得不行，不过呼吸倒是挺平稳的，只是有些许急促。父亲似乎一点儿也不紧张。男孩能听出，那脚步声确实毫无变化，父亲并没有加快步伐，而是不慌不忙地走下台阶。不一会儿，男孩便看见父亲出现在了眼前。"要骑吗？"男孩小声地问他父亲，"我们现在可以一起骑了。"宅子里，灯光也有了变化。楼上的灯光先是亮起，又暗了下去。紧接着，楼下的灯光亮了起来。看来那个人已经下楼了，男孩心里想着。他早就已经将骡子赶到了骑马墩旁。他父亲很快坐在了他身后，将缰绳在手中对折，朝着骡子的脖子抽了一下。骡子本能地想要往前奔跑，但是，父亲那双又瘦又长的胳膊伸了过来，一把拉住骡子，使它不得不放缓速度，慢慢往前走。

天边刚被火红的夕阳染色，父子俩就已经在地里给骡子上犁了。这一次，那匹栗色马在男孩听到它的马蹄声之前就已经来到了地里。骑马的是一个穿着无领上衣，没有戴帽子的男人，他用颤抖的声音说着话，就和宅子里那个女人一样。他的父亲只是抬头看了一眼，又继续弯下腰给牲口扣颈圈，忙着自己手中的事情。那个男人只好冲着他父亲弯着的背说道："你搞清楚，你弄坏了地毯，这里就没有别的人了吗，女人也没有一个的吗……"他停顿了一下，颤抖着，男孩看着他。这时，他哥哥将身子从马棚中探了出来，嘴里正嚼着烟叶，眼睛慢悠悠地眨着，他的神情和平日里一样，看上去像是什么事情都没有发生。

"那张地毯价值一百美元。不过我想你这辈子都没有过一百美元吧，你永远也不会有的。所以我要从你的田地收成里扣掉二十蒲式耳①的玉米来作为赔偿。我会将这条加到你的契约中的，等你到粮仓的时候，记得要签字。不过，就算是这么做了，也不能平息德斯班太太的怒火。但至少能让你长个教训，下次踏入宅子之前，可得记住将你的脏脚擦干净了。"说完，他便神气地扬长而去。男孩望了一眼他的父亲，父亲

① 蒲式耳，是一种用于计量谷物、水果、蔬菜等农产品的体积或重量的单位，因国家和货物种类不同，换算方式有异。1蒲式耳玉米约为56磅，约等于25.4公斤。

这时还是没有说一句话，甚至头都不抬一下，仍旧在全心全意地捣鼓着手中的器具，调试着轭帽①。

"父亲。"男孩叫道。父亲看了他一眼——还是一副高深莫测的样子，男孩无法得知他心中究竟在想什么，在那两道浓密的眉毛之下是一双透出冷冽目光的眼眸。男孩拔腿疾步跑到父亲身前，但又突然停住了脚步。"你已经努力做到最好了，完全尽力了！"他大喊道，"如果他不想要这样洗地毯，他自己怎么不早说，他才不会得到那二十蒲式耳玉米呢！他什么都得不到！到时候我们收了庄稼就全都藏起来！我会看守着的——"

"我让你把割草刀放回刀架上，你做了吗？"

"还没有呢，父亲。"男孩回答道。

"那就赶紧去把这件事做了。"

那一天是星期三，那一周接下来的日子里，男孩每天都在好好劳作，不管是他能力范围之内的还是之外的，他都在尽心尽力地做，甚至都不需要有人去督促、命令他。他的勤劳继承于他的母亲，不过和母亲不一样的地方在于：他在做的事情，至少有一部分是他真心喜欢的。比如，提着他的小斧头去树林中砍木头。那把斧头还是他的母亲和姨妈自己挣的或者说是省下来的钱买的，是送给他的圣诞节礼物。有一天下午，男孩和他的母亲还有姨妈一起搭牛栏和猪圈，甚至还有一个姐姐也和他们一起搭。那个下午，他的父亲骑着骡子不知道去了

---

① 轭帽是安装在车轭上的帽状配件，用于固定车轭，使车轭更加稳固。车轭是马车前端用来卡住马颈的器具，是连接马和车的重要部件。

哪里，由于地里人手不够，男孩主动申请去地里帮忙。他们用的是一把双板犁。一边是扶着犁柄的哥哥，一边是牵着缰绳的男孩，两个人跟在铆足了劲儿的骡子旁。肥沃的黑土不断翻飞着，落在光光的脚背上，带着一丝凉意和潮湿感。男孩心想：或许这可以是之前颠沛流离生活的结束，但是为了一张毯子，就得付出二十蒲式耳的庄稼，这也太不甘心了，况且这么多的庄稼是很难获得的。不过自此之后若能让父亲停止他的坏习惯，这辈子都不再那样做，倒也很划算了。男孩想着想着便仿佛置身梦中，直至哥哥不得不对他大吼了一句让他注意看骡子，才让他稍稍回过神来，不过他脑海中还是一直盘旋着一股子想法：或许父亲根本就不打算交出这二十蒲式耳的玉米，或许所有东西加起来才抵得上这些庄稼，那样的话什么都不会剩下来，不管是玉米还是地毯，不如直接一把火全烧了！可是这个想法也太可怕了，男孩感觉自己就像是被两群马向不同方向撕扯着，整个人有一种痛不欲生的感觉，完蛋了，那样才真的全完蛋了。

很快就到了礼拜六，男孩正蹲着给骡子套犁具，当他抬头从骡子肚子下往上瞧的时候，看见父亲穿着一件黑色的外套，戴着一顶黑色的帽子。"别套犁了。"父亲说道，"快去将车套上。"两小时以后，男孩坐在了马车后面，而父亲和哥哥在前面驾车。车子拐过最后一个弯儿后，一家久经沧桑没有上漆的商店出现在男孩眼前，商店外墙上贴满了破破烂烂的烟草和专利药的海报，海报的边边角角都已贴不稳了。门廊下，是一辆辆马车停靠的地方，旁边拴着马匹。男孩跟着父亲和哥哥一起踏上那年久失修已有些许凹陷的台阶。这一次他们仨再次被道路两旁沉默的人注视着，就和上次一样。男孩望过去，看见一个戴眼镜的人坐在尽头处的一张平板桌后。当然，男孩已经见怪不怪了，这次不需要有人告诉他，他都知道那是治安官了。男孩瞅见一旁站着的也算是个"老熟人"了，那个见过两次的、骑在高头大马上的男人，不过这一次他倒是系上领带，戴上假领了，男人这次的神情不是愤怒，而是惊讶。当然，男孩知道他的惊讶从何而来，毕竟对一个地主而言，有生之年居然会被自己的佃农告上法庭，说出去都没有人相信。小男孩立刻摆出一副和这个男人势不两立的架势，一把拦在父亲面前，朝着治安官大吼道："不是他做的！他什么都没做！他没有烧……"

"回到马车上去。"他父亲赶紧止住他的话。

"烧？"法官问道，"所以那张地毯是被烧了吗？"

"谁说的，有人能证明吗？"父亲回答道，"你给我回马车上去。"不过这次男孩并没有听他的话，只是像以往一样退到挤满人的房间后面，不过他这次没有选择安然地坐在角落，而是站在一动不动的人群中，竖着耳朵听着堂中的对话。

"所以你是认为对赔偿地毯这件事情来说，二十蒲式耳太贵了吗？"治安官问。

"他将地毯带过来，让我清洗干净之后还给他，我将脚印洗干净了，也还给他了，他还要我怎样？"

"但是你还回去的地毯，已经和你踩过之前的地毯完全不一样了。"他父亲这时倒一声不吭了，整个堂内鸦雀无声，足足有半分钟之久。除了全神贯注、专心静听的人们所发出的轻微而均匀的呼吸声，那里一片寂静。"你拒绝回答这个问题吗？思诺普思先生？"他的父亲再次一言不发。"既然如此，我就判你败诉了，思诺普思先生。我将判决你需要为你损坏德斯班少校的地毯而被追究责任。不过鉴于你目前的情况，二十蒲式耳的玉米对你来说有点儿太多了。德斯班少校说这块地毯的价值是一百美元，而玉米在十月份的市价是五十美分。我想，要是德斯班少校愿意为这件旧物承担其中九十五美元的损失，你就承担你还没来得及挣到的五美元吧。我将裁定，作为对德斯班少校的补偿，你在收获季时，除了缴纳契约规定的数目之外，还需赔偿十蒲式耳的玉米。休庭！"

整场官司并没有花太长时间，结束时，天色尚早。男孩认为他们会回家，也许会回到田地里抓紧时间干活儿，相对那些早早开始劳作的农民而言，他们已经落后太多了。（他们一直是这样的，自男孩记事起，每年搬家都是这个时候，当别人家的玉米和棉花已经在田地里冒头时，他们便开启了搬家之旅。不过男孩并没有意识到，不是因为父亲要花时间找一个对他满意的地主，而是因为每一个雇用他父亲的地主在这个时间段都会遇上这样的麻烦事，每一个！）不过相反，他的父亲并没有上车，他只是绕过车尾，对着他的哥哥做了个手势，让他牵着车跟在后面，然后穿过大街，来到了对面那家铁匠铺中。男孩就像被拴在有弹簧的竹竿上一样弹射出去，尽管只有十步远，他紧赶着追上父亲，望着那张帽子底下饱受风吹日晒依旧冷酷镇静的脸，低声说道："他不可能会得到那十蒲式耳的，他一丁点儿都拿不到。咱们……"话音未落，只见父亲望了他一眼，脸色是那样冷静，灰白的眉毛杂乱地缠在一起，眸色依旧清冷。不过这一次，父亲开口说话的语气，却显得那样愉悦，甚至有些许温柔："你也是这样认为的吗？好的，让我们在十月份的时候拭目以待吧。"

修理马车只是一眨眼的工夫，并没有花费太长时间，毕竟也不是什么大事情，只是修一修辐条，紧·紧轮胎罢了。修理完之后，他们将马车驶到铁匠铺后面的小溪旁，骡子在旁边戏水，时不时地将鼻尖没入水中。男孩手上捧着缰绳，闲坐在车前，望着斜坡，在那边，打铁棚就像一顶黑烟囱似的，打铁声不紧不慢地响着。父亲坐在一个柏树树桩上，一副悠然自得的模样，时不时说一会儿话，或者只是倾听。直到男孩从小溪那儿牵着湿淋淋的马车来到铺子门前，父亲都还是一副端坐着不起来的样子。

"把它牵到阴凉的地方，然后拴好。"父亲说道。男孩赶紧照做，当他返回时，发现父亲正在和铁匠还有另外一个蹲坐在门内的人聊天，从庄稼聊到牲口。男孩也在这尘土飞扬、满是刺鼻气味的、充满铁皮铁锈的铁匠铺中蹲下身来，听父亲不厌其烦地重复他的陈年旧事。那时候的父亲还在靠贩马为生，都是很久之前的事情了，那时男孩的哥哥还没出生，更别说他了。男孩后来跑到了杂货铺的另一头，在那儿，他看到上面贴了一张去年马戏团的宣传画报。他呆呆地凝视着画报上鲜红色的马匹，一位穿着薄纱和紧身裤的妙龄女郎正摆出让人惊讶的姿势，小丑们画着浓浓的彩妆，有的扮着鬼脸，有的抛着媚眼。男孩看得正入迷的时候，父亲走到他身边来叫他了："是时候吃饭了。"

不过他们依旧没有回家，男孩蹲坐在哥哥身旁，看见父亲从店里出来。父亲从一个纸袋中拿出一块干酪，小心翼翼地用包中的小刀分成三份，然后又从袋子里翻出一些饼干。接着，他们三人一起蹲坐在门廊下，开始缓慢地进食，他们一小口一小口地吃着，三个人都一言不发。吃完后，他们又一起走回店内，从一个铁桶中用一个长柄锡勺舀出一些水，大家分着喝了，水中透出一股杉木桶的味道，同时又含有一股山毛榉的淡淡清香味。喝完之后，他们依旧没有回家，而是去了一个养马场。养马场旁边有一道高高的栅栏，栅栏旁边，有人站着，有人坐着。其中一个人还牵了一匹匹马出来，这些马走着走着就慢跑起来，沿着路绕了一圈又回到原地。而另一边，交易和买卖正在缓慢进行中，太阳渐渐开始西沉，有人在买马，有人在换马。他们父子三人在旁边看着听着，哥哥已经双眼蒙眬了，嘴里仍旧嚼着烟叶，尽管父亲一直在一旁对马匹评头论足，不过多数时候只是他在自言自语罢了。

他们回到家时，太阳已经完全落山了。他们在弥漫着刺槐和忍冬气味的黄昏中回家了。月亮已然遥挂在天边，夜莺开始了啼叫，那悦耳的、急促的、有节奏的叫声，甚至盖过了田野间的声声蛙鸣。他们在灯光下吃完晚饭后，男孩坐在门前的台阶上，听着夜莺的啼叫、田间的蛙鸣，看着夜色逐渐变浓。此时，母亲的声音忽然从屋子里传出来："艾博纳！不要！不要这样！天哪！天哪！艾博纳！"男孩急忙站起来转身看过去，只见房门大开着，屋子里的灯光熄灭了，桌上一个玻璃瓶的瓶口处插着一支蜡烛，那蜡烛发出微弱的亮光。而他的父亲，此刻依旧是一副戴着帽子穿着外套的模样，一本正经却又是那样的滑稽可笑。这样的装扮总让人觉得他即将出席某场恶人聚会，或者是要去逞凶斗狠。不管怎样，都不像是要去做什么好事。他将剩下的灯油全数倒回那个容量约五加仑①的油罐中，这时母亲正死命地拽着父亲的手臂，他只好将油灯换到另一只手上拿着，然后甩开了母亲的手，虽不野蛮、也不暴力，却十分有力气，一下就将母亲甩得失去了平衡，她只好用手撑着墙面才能站稳。母亲的嘴巴大张着，她脸上流露出一种万念俱灰的神情，绝望的程度已经能够从她刚才尖利的祈求声中有所体现，她是那样崩溃和撕心裂肺。这时，父亲看到了正站在门口的男孩。

"你去马棚那儿把油给我拿过来，就是我们平常给马车上油时用的那桶油。"父亲对他说道。不过男孩并没有在听完父亲的话后就有所行动。相反，他顿了一会儿才扯着嗓子问道。

"你……你想要做什么……"

"你不用管，你只管去把油拿过来就行。"父亲厉声说道，"快去。"

男孩这才挪动脚步，奔跑着，绕着屋子去了马棚那里，心里想着：这种事情又要发生了，又是老样子，那副满腔热血的模样，做着那样的事情，这般古老的意志（没有人知道这到底从何而起，是愤怒、野蛮或贪欲？）延续了这么长时间，最终还是会传给他，他根本就没有选择的权利。"我想要一直奔跑下去，"男孩心里这么说着，"我想要一直跑，一直跑，再也不回头，再也不要看见他的那副嘴脸。可是我不行，我做不到啊。"即使心里这么想，但是他的手上已经提着那锈迹

---

① 加仑分为英制和美制，英制1加仑约等于4.546升，美制1加仑约等于3.785升。

斑斑的油罐了，回去的路上，油在罐子里晃荡，咕噜噜响个不停。刚一进屋，男孩便听见母亲的啜泣声从隔壁房间传来。油罐交到了父亲的手里，男孩不甘心地大喊道："你这一次甚至不派别人了吗？以前的你至少还会选择派个人过去，而不是自己动手！"奇怪的是，这一次，父亲并没有动手打他。那只通常只会打他巴掌的手伸了过来，几乎如闪电一般，以极快的速度一把揪住他衣服的领子。明明前一秒那只手还在小心翼翼地往桌上放那只油罐，男孩甚至还没来得及看清它是什么时候离开罐子的就被揪住了，脚跟都被提得离开了地面。映入眼帘的是一张呼吸急促、冷酷无情的脸，头顶上传来一个冰冷阴沉的声音，那声音是朝着哥哥的方向说的，哥哥像个瘩子似的站在桌边，像牛一样歪着嘴，一侧牙齿一直在嚼着烟叶。

"将这个罐里的油倒进大桶里，然后出发，你先去，我随后就跟上来。"

"我看还是把他绑在床架上吧。"哥哥说道。

"按我说的去做！"父亲说道。话音未落，父亲便用那双精瘦却相当有力的手紧紧地拽着男孩的衬衣将他提起来，男孩挣扎起来，但他的脚尖只能勉强够着地。父亲越过两个姐姐，走向另一个房间，此时男孩的两个姐姐坐在熄灭的火炉旁，粗壮的大腿紧紧压在瘦弱的椅子上，让椅子颇有一种不堪重负之感。而在里间，他的母亲和姨妈正一起并排坐在床上，姨妈一只手搂着母亲的肩膀。"抓住他。"父亲对她俩说道，姨妈被吓得动了一下。"不是说你。"父亲说道，"伦妮，你来，将他好好拽住，你最好给我好好地抓住他。"母亲听话地拽住了男孩的手腕。"不行，你得抓得更牢一点儿。如果他跑了，我知道他会做什么，他会过去给我捣乱的！绝对不能允许这样的事情发生，你清楚了吗？"他的头偏在一边，"或许我该紧紧地绑着他，也许那样会更有效一些。"

"我会好好地抓着他的。"他母亲轻声说道。

"希望你能这么做，那么我就把他交给你了，给我看好了。"说罢，他父亲便一甩手走了出去，那只跛脚重重地踏在地上，不急不缓，最终脚步声渐渐消失在远方。

听着父亲远去的声音，男孩开始挣扎起来，母亲用两只手臂紧紧地抱住他，不让他有所动作，他死命地扭动着身体。虽然他心里很清楚，母亲最后一定拗不过他，会放开他的，但是他已经等不及了，他只想赶紧离开这里。"放开我，让我走！"他大声喊道，"我不想伤害到你。"

"让他去！"他的姨妈说道，"如果他不去，说老实话，我自己都想去了。"

"你难道看不出来我不能这么做吗？"他母亲哭喊道，"撒尔特！撒尔特！不要！不要！快帮帮我啊！利兹！"

但是，最终母亲还是没能拗过男孩，他趁着一个空当，赶紧使劲，一下便挣脱了母亲的束缚。姨妈试图伸出手去抓他，不过已经来不及了，他已经一溜烟儿地跑掉了，母亲挣扎着跌跌撞撞地想要过去抓住他，可膝盖一曲，扑倒在地上，连片衣袖都没摸到。她接着对站在一旁的姐姐大喊道："抓住他！快！快抓住他啊！"这两个姐姐是双胞胎，长得都非常壮硕，她们中任何一个人站出来仿佛都是家里其他人的两倍大，无论是体形还是分量。不过母亲这句话已经太晚了，姐妹俩只来得及将脸转过来，还未从椅子上站起来，男孩便已经像风一样蹿出家门了，他眼前仿佛只是一闪而过了一张年轻女人如盘子一般的巨大脸庞，不过这张脸上倒是没有什么惊讶之色，有的只是那一副事不关己高高挂起的表情。在一片混乱中，男孩已经冲出房间，冲出了家门，他来到了洒满星光的大道上，尽管这上面尘土飞扬。周围开满了密密麻麻的忍冬，那沁人心脾的香味一阵一阵传来，他沿着这条道一路狂奔下去。此时此刻，男孩心中，只是觉得脚下这条浅白色的道路实在是太过漫长，他恨不得能一眨眼便飞到目的地去。好不容易跑到宅子前，转过弯，向里跑去时，他已经累得喘不过气了，心脏一直在怦怦跳，在胸膛中如同打鼓般咚咚作响，肺的舒张也快到了极致。不过这时候他不能停下来，他满脑子想的都是要快跑。当他到了车道上后，又朝着远处那灯火通明的大宅子一阵狂奔。终于到了门口，此时他已经顾不得敲门了，直接闯了进去。他已经跑得上气不接下气了，好一会儿都没有办法说出一句完整的话。那个穿着亚麻布夹克的仆人不知道什么时候出现在男孩眼前，满脸写着诧异。"德斯班！"男孩喘着粗气大吼道，"在哪儿——"话音未落，他便看到那个人从大堂另一端的白色大门后面走了出来。他已经顾不得再多说些什么了，只顾着大喊道："马棚！你的马棚！"

"你说什么？"那人一脸茫然地问道。

"对！"男孩吼道，"你的马棚！"

"抓住那个男孩！"那人尖声叫道。

然而他说得太晚了，男孩已经一溜烟儿地跑了出去。尽管那个仆人抓住了他的衬衣，但是衬衣因为太多次的磨洗，已经变得相当脆弱，就和一块烂布差不多，仆人大力一撕，直接将男孩的袖口扯了下来，男孩趁机逃了出去，侥幸没被他们逮着。他逃出那扇大门之后，再次来到了车道上，实际上，他刚刚冲着那人大吼的时候，也没有停下脚步。在他身后，那人正大喊道："快！我的马！快给我备马！"有那么一瞬间男孩本想穿过花园，翻过篱笆逃跑，但是他对这儿的路太不熟悉了，也不知道那长满藤蔓的篱笆到底有多高，一切都太没有把握了，他不敢冒这个险。所以最终，他还是在这条车道上没命地狂奔，跑得整个人气血上涌，呼吸都快跟不上了。待终于跑到大路上时，他已经累得眼前一片白茫茫，什么都看不清了，耳朵也失聪了。直到飞奔而来的母马几乎快要一脚踏到他身上，他才终于听到了一点儿声响。可即便是这样，他还是没有停止奔跑，仿佛这般磨难已经到了最紧要的时刻，容不得一点儿闪失。快一点儿，再快一点儿，只消再多几秒，他便能插上翅膀，飞到天上去。男孩一直坚持到了最后的时刻，才翻身跃到一旁那条生满杂草的水沟中。在这个初夏的、静谧的夜晚，男孩听到身后那匹大马从一侧的大道上呼啸而去，漫天的繁星像瀑布一样倾泻下来，映照在道路上。不过还没等骏马和那道愤怒的身影完全消失在远方，忽然之间，天色大变，繁星之上仿佛被人狠狠地泼了一团深沉的墨。那团黑色从天边一点一点晕染开来，黑压压的污渍不一会儿就迅速蔓延开来，将整个天空的繁星都遮挡得一干二净，无声无息，却又显得那样触目惊心。那是一团黑乎乎的浓烟，正在无情地抹杀着天空中的亮光。一见此状，男孩再也坐不住了。他一个鲤鱼打挺跳起来，再次踏上那条大道，向着远方飞奔而去。尽管这一次他知道有些来不及了，但他还是毫不犹豫地奔跑着。听到枪声后，他停住了脚步，嘴里大声哭喊着："爸爸！爸爸！"喊了一会儿，他又继续迈开步子奔跑起来。这一次他来到了一片荒芜的田野间，穿过一片灌木丛，他跑得跌跌撞撞，踉踉跄跄，不知道被什么东西绊了一跤，但是他毫不在意，仿佛没有感觉到疼痛，连滚带爬地直起身来，连衣服上挂着的泥土、树叶都顾不得拍打。他回头看了一眼那漫天的火光，又扭头继续奔跑起来。仿佛眼前只是一块平地，连四周的灌木树丛他都已经视而不见了，只是一味地往前奔去。他跑得上气不接下气，不住地抽泣着，嘴里哭喊着："爸爸！爸爸！"

午夜，男孩独自一人坐在一座小山顶上。他并不知道已经是午夜了，也不知道自己究竟跑了多远。现在，已经看不见任何火光了。他安静地坐在那儿，背对那个虽然只住了不到四天，但也能算是自己家的地方。他正对着的，是一片黑漆漆的树林。他打算先好好歇一会儿，等缓一口气之后再进到树林里面去。在这阴森冰冷的黑夜中，男孩瘦小而单薄的身躯被冻得瑟瑟发抖，他只好紧了紧自己那破旧不堪的衬衣，想给自己一丝温暖。如今那悲伤和绝望的心情之间已经不再掺杂着恐惧和忧愁了，只剩下了单纯的悲伤和绝望。"噢，父亲啊。我的父亲啊。"他心里想着，"他是个非常勇敢的人！"忽然，他大声地喊了出来，不再是之前窃窃私语般的声音，比那稍微大声了一点儿："他可以的！他很厉害！他还参加过战争！还是在萨特立思上校的骑兵队里面！"不过男孩不知道的是，他父亲所谓的打仗，充其量也只能算是个"江湖好汉"的角色。他既没有士兵的身份，也不穿制服，更不用说他根本不会向任何权威屈服，不会效忠于任何人、任何军队、任何旗帜。对他而言，战争仅仅是为了赚取战利品罢了。不管是从敌方手中还是自己人手中，对他来说没有任何区别，他完全无所谓。

夜空中，星星缓慢地移动着，整个天空变幻着奇异的光景。男孩知道，再过不久就要破晓了，太阳会冉冉升起。他的肚子也会开始饿起来，毕竟到了以往该起床吃早餐的时间了。不过那是明天才需要考虑的事情，眼下他关心的只有他正感受到的那股子寒冷，好在只要他不停地走动，身上就会暖和些。他的呼吸已经平稳了不少，不再像刚才那样上气不接下气，于是他决定启程。这时他才发现，自己刚刚竟然睡着了，天空已经有些蒙蒙亮，而不是刚才一片漆黑的样子。从夜莺的啼叫中他也能得出这样的讯息，新的一天马上就要到来了。男孩直起了身子，冷得有点儿发僵的身体随着他的活动逐渐恢复过来，这和走路驱寒是一个道理，况且太阳也快出来了，夜晚的寒气也快散去了。于是，他开始向山下出发，迈开双腿，向昏暗的树林里走去。那里面有绵延不绝的流水声和清脆动听的鸟叫声，声声都在吸引着他走进去一探究竟。那迫切而又激荡着的心呀，在这暮春之夜，急促却有力地跳动着。这一次他没有再回头，而是坚定地朝前走去。

干旱的九月

一

　　九月，天边的云朵被夕阳映照得如血一般火红。足足六十二天没有降下一滴雨了，人们在这样的天气里逐渐变得焦躁不安起来。此时此刻，一星半点儿的风声和动静，都会像燎原之火一般迅速传播开来。这时，在米妮·库帕小姐同黑人之间发生了一件事。你可以称之为谣言，也可称其为故事，你想怎样称呼都无所谓，不管真相到底如何，这件事都已经在小镇上迅速传播了开来。在那个周六的黄昏时分，一大群人突然聚集在一家理发店前，没有人知道到底发生了什么，只是店里人们脸上惊恐的表情很耐人寻味，仿佛被攻击、被侮辱过一样。整家店吵吵闹闹，拥挤不堪。挂在天花板上的电风扇在不停地打转，不过它没能成功净化这店里面的污浊空气，反而是将人们嘴里呼出的浊气和身体上散发出的汗臭味以及理发店中的洗发香波、护发素的香气混在了一起，这些气味全都被它吹作一团，混合出一种令人作呕的味道。

　　"绝对不可能是维尔·梅耶斯。"一个正在给客人刮胡子的理发师说道，他是个中年人，整个人很瘦，面色干枯发黄，不过面部表情倒是蛮和善的。"我很了解维尔·梅耶斯，他是个非常友好老实的黑人。我也非常了解米妮·库帕小姐。"

"你了解她什么？"另一个理发师插嘴道。

"她是谁啊？"客人问道，"一个年轻的姑娘吗？"

"不是的。"理发师回答道，"她大概有四十岁，我估计。不过她还没有结过婚，所以我才会说我并不相信……"

"相信？哼，可真是见鬼了。"一个穿着满是汗渍的丝绸衬衣的高大青年在一旁冷嘲热讽道，"你不相信白皮肤女人的话，反而要相信一个黑人吗？"

"我说了，我并不相信维尔·梅耶斯会这么做。"理发师回击道，"我太了解维尔·梅耶斯了。"

"那你知道到底是谁干的这事吗？知道的话，你把他从这座小镇里揪出来，驱逐出去啊，你这个可恶的亲黑派。"

"我不相信有人会做出那样的事情。我也不相信发生过那样的事情。你们自己想想清楚，如果不是那些这么老了也没嫁出去的老女人们那么传统，只相信过时的观念，认为男人们不应该……"

"那你这个人可真够混账的。"客人说道。他围布下的身子躁动不安，一副蠢蠢欲动的样子。然后，果不其然，他从座位上一蹦而起。

"你是不是怀疑她？"他问道，"难道你在指责一个白人妇女说谎吗？"

理发师将手悬在这个半坐半起的客人上方，紧紧地握着剃刀。他没有转动身子，一副目不斜视的样子。

"都怪这鬼天气。"另一个人抱怨道，"它糟糕到能逼人做任何事情了，就连对她也不例外啊。"

他以为自己在很幽默地化解冲突，可惜，四下并没有任何一个人笑。理发师仍然用他和面色一样温柔的口吻，但带有不容置疑的固执语气说道："我并没有对任何人做的任何事情进行指责。我只是很清楚地知道，我相信大家也都清楚，倘若一个女人总是不结婚……"

"你这个可恶的喜欢黑人的东西！"年轻人怒骂道。

"闭嘴吧，布琪，够了。"另一个人赶忙出来打圆场，"先别急着下结论，我们还有大把的时间来查出真相是什么，到时候再做打算也不为过。"

"谁来？啊？谁能站出来去查真相？"年轻人嚷嚷道，"去他的真相，见鬼了真是。我……"

"你当然是个很好的人。"客人说道，"不是吗？"他胡子上沾满了白色泡沫，使他看起来就像个沙漠里的耗子一般，电影里就是这样演的。"你来告诉他们，杰克。"他冲着那个年轻人说道，"虽然我自己只是一个在大街上跑腿的推销员，甚至我还只是一个外地人。但是，就算是这样，如果哪一天这里没有一个白人了，我也能算作其中一个。"

"没错，兄弟们。"理发师说道，"首先，我们得找到真相才行，我太清楚维尔·梅耶斯的为人了。"

"哇，我的老天爷啊！"年轻人在一旁愤怒地吼道，"这个镇上居然有个白人……"

"闭上你的嘴，布琪。"年轻人话还没说完便被一旁的人给打断了，"我们最不缺的就是时间了。"

话音未落，那个客人生气地站起身子，他看着刚刚说话的人，问道："你这话是什么意思？一个黑人侮辱了一个白皮肤的女人，难道还能给他找个什么借口不成吗？你作为一个白人，居然站在黑人那边，还想找什么真相，这摆在眼前的事实难道还不够真吗？真是可笑，我看你这样的，还不如早早收拾好行囊，一路向北去吧。从哪儿来就滚回哪儿去，南方可不需要你这样的家伙。"

"你说什么？什么北方？"第二个人吼道，"我可是这个小镇上土生土长的木地人。"

"天哪，上帝啊！"年轻人抱住头大喊道，他高呼完，看了看周围，目光中带了些许迷茫，仿佛在回想自己刚刚到底说了些什么，抑或自己到底想做什么。他用袖子擦了擦满是汗水的脸庞，说："气死我了，如果是我遇到了这种事，有人让一个白人女人……"

"你来告诉他们，杰克。"那个推销员说道，"让老天爷来做证，如果说他们……"

话还没说完，就被撞门声打断了。只见从被撞开的地方走出来一个壮汉，他将双腿叉开站着，以便让他健壮的身子能够更稳定地站在地上。他身着白衬衫，领口敞开着，头上戴着一顶毡帽，炯炯有神的双眼扫视着整个房间的人，一副气势汹汹的样子。男人名叫迈克伦登，是一个作战骁勇并受到嘉奖的士兵，曾经还在法国前线打过仗。

"怎么？"他问道，"你们是打算一直傻坐在这里，任由那个黑人在光天化日之下，在杰斐逊的大街上侮辱一名白人妇女吗？"

布琪一听，又以极快的速度弹跳起来，丝绸衬衣紧紧地粘在他宽阔的臂膀上，胳肢窝下面是汗渍印出的两个月牙般的形状。他激动地说："那正是我刚刚对他们说的话！我就是这么说的……"

"真的发生了这样的事吗？"第三个人问道，"其实霍克萧所说的也有道理，这已经不是那个女人第一次说自己被男人轻薄了。大约一年以前也出过这样的事，当时她说有一个男人趴在厨房的屋顶上偷看她洗澡，把她吓得不轻。"

"什么？居然还有这样的事情发生。"客人惊奇地问道，"这到底是怎么一回事？"

理发师费了好一阵工夫才将他压回到椅子上，客人却不肯罢休，硬要将身子抬起来，被理发师阻拦了之后就只能将头继续硬伸着。

迈克伦登转过身朝第三个人说："出事？有没有出事，这又有什么关系？难道你是想放过黑人一马，最后等着他们真的做出这样的事情吗？"

"那正是我刚刚对他们讲的！"布琪大叫道，他一直在旁边大声嚷嚷着，没完没了，却不知道在骂谁。

"好了，好了，别说了。"第四个人说道，"别这么大声，说话小声点儿行吗？"

"没错。"迈克伦登说道，"我们无须废话，我已经说了所有我想说的话，你们有谁愿意跟我一起吗？"

说完，他踮起了两只脚，左右张望了起来。

理发师好不容易才把顾客的脸摆正，将剃刀放了过去。边摆弄边说："我们还是先查清楚真相吧。我真的太清楚维尔·梅耶斯的为人了，绝对不可能是他。我们还是去找治安官，先把整个事情弄清楚吧。"

迈克伦登猛地一转身，满脸愤怒的样子，横眉一竖，恶狠狠地瞪着他，理发师坦然地看着他。他俩看起来就像是不同种族的人一样。其他理发师也停下了手中的活儿。"你的意思是，"迈克伦登说道，"你宁愿相信一个黑人的话，也不愿意相信那个白人妇女吗？为什么？你这个可恶的亲黑派……"

第三个说话的人连忙站起身来，过去一把拽住迈克伦登的胳膊，他早些年也当过兵，劲儿还挺大的，他说："算了，算了，咱们还是从长计议吧。你们有谁知道这其中到底是出了什么事吗？"

"有什么好从长计议的。"迈克伦登一把甩开他的手，吼道，"你们之中，要跟我走的都站出来，不想来的……"

他皱了皱眉头，胡乱用袖子擦了一把脸，看向四周。

他话音刚落，有三个人听了他的号召立即起身，就连那个懒洋洋地躺在椅子上的推销员都坐直了身子。"这里这里，我要加入！"他一边说着这句话一边用手拉扯着脖子上的围布，"赶紧把这个破布给我弄走。我要和他一起。虽然我不是这里的原住民，但是看在老天的分儿上，要是我们的母亲、妻子、姐妹……"正说着话，他随手抓起一旁的白围布，胡乱地在脸上一抹，然后往地上一扔。迈克伦登站在店中央，对那些没有加入他们的人破口大骂。于是，又一个人站起身来，朝着他走去。剩下的人虽然没有互相看周围人的眼色，但是也觉得坐立不安。最终，他们还是一个接一个地站起来，朝着他们的队伍走去，

加入了迈克伦登的阵营。

理发师不紧不慢从地上捡起被扔掉的围布，将它整齐地叠了起来，他的语气还是很笃定，轻声说："伙计们，别这么做，不要那么冲动。维尔·梅耶斯真的不是那种人，我敢打包票。"

"过来吧！别做无用功了。"迈克伦登说着，转过身去，只见他裤子的后兜里，插着一把沉甸甸的自动手枪，枪把儿露在外面。他们一行人乌压压地向店外走去，纱门在他们身后猛地撞上又啪地弹开，在这死寂的空气中回荡着猛烈的颤音。

理发师麻利又仔细地将剃刀擦了一遍又一遍，直至剃刀变得干干净净。然后，他将它收起来仔细地保管好，随后朝着后屋跑去，从墙上摘下了他的帽子。"我会尽量早点儿回来的，"他对其他理发师说道，"我不能让……"话音未落，人已经跑到了店外了。

另外两位理发师赶紧跟随他到门口，但是正赶上那扇纱门弹起来，待他们能够探出身张望时，他已经跑远了，他们只能在这里目送他孤零零的身影在大街上渐行渐远。此时空气中充满了沉闷的气息，他们的舌根像是含了一块铅一般又燥又苦。

"他过去能干什么？他根本就阻止不了任何一件事情的发生。"第一个人说道。旁边，第二个人一直在嘴里念念有词："上帝啊，上帝啊。"

"维尔·梅耶斯若是真闯了祸，那倒还好说，但要是霍克萧真的惹怒了迈克伦登，场面可就难看了。"

"上帝啊，上帝啊。"第二个人还在一旁喃喃不止。

渐渐地，两人的念叨变得有些怪异了。他们说不清到底是出于对真相的渴望、正义的渴求，还是只为了满足自己的好奇心。虽然他们嘴上为霍克萧担忧，可是，还是忍不住说出了心底最想说的话。

"你猜他到底有没有对那女人做那样的事情呢？"第一个人好奇地问道。

"老天爷啊！这可真是一件难说的事，你知道的，白人妇女和黑人的话，我肯定是相信……"第二个人轻声回答他。

"别绕弯子，你说到底有没有这件事？"第一个人打断了第二个人的话，追问道。

第二个人憋了半天，对他说："这……老天爷呀！保佑霍克萧吧！"

二

　　她已经三十八岁了，或者三十九岁。她住在一间小木屋中，和她久病不起的母亲一起，还有一位面黄肌瘦、忙碌起来一刻都不愿停下来的姨妈。每天上午十点到十一点之间，她都会出现在阳台上，头戴一顶镶着花边的睡帽，坐在阳台的秋千上一直荡着，直至中午。午餐过后，她会小憩片刻，等到下午天气转凉后，就穿上她的薄纱裙（每年夏天的时候，她都会买上三至四件新裙子），和其他太太、小姐们一起进城逛商店，以此来打发无聊的时光。在商店里，她们会拿起各式各样的货品来试，指指点点、挑挑拣拣。尽管她们买不了几件，也没有买的想法，但是她们还是会费尽心思地用毫无感情的声音讨价还价。

　　她是个衣食无忧、家境宽裕的人，尽管在杰斐逊算不上最有钱的，却也是个正经人家。虽然她的样貌并不算特别出众，但到了这个年纪，身材依旧保持得非常好。平日里，她更偏爱亮丽、有朝气的服装，言谈举止也几乎不会出错，整个人开朗大方，但是却又隐约透着一股憔悴之感。年轻时，她身姿婀娜，非常开朗活泼，性格有点儿神经质，这一切让她荣登杰斐逊镇社交女王的宝座。不管是高中舞会还是教会的社交活动中，她都是那个最出风头的明星人物，那时候的她和朋友们都还太过年少，没有任何阶级意识。

等她最终意识到的时候已经太晚了，当她沉溺于纸醉金迷时，她认为自己会永远是人群中最明亮的那一抹火焰，会始终比别人更加活跃，却完全没有注意到自己的容颜已经逐渐老去。这时，她的伙伴们都比以前更加有目的性了。男的变得越发趋炎附势，女的变得更加工于心计。待她终于清醒过来，已经为时太晚，她灿烂的笑容中第一次出现了一种憔悴与无力。她的身影依旧会出现在各大聚会派对中，但是那个夏天，草坪上昏暗的回廊中，她的脸上仿佛戴了一层面具。依旧是那个明快的笑容，却总觉得背后暗藏了一丝苦涩，满眼流露出的都是对现实的不甘和不知为何事情会变成这样的茫然和无力感。直到在一个派对中，她听到了一男两女之间的谈话，他们都是她以前的同学。从那之后，她再也没有接受过任何派对的邀请。

她眼睁睁看着和自己一起长大的姑娘们一个一个嫁了出去，生儿育女，可是和她交往的男孩子们却都是很随意的态度，每一个都交往了不久就会分手，只字不提结婚的事情。时间一久，姐妹们的孩子全都长大了，都能开口叫她"阿姨"了，这一叫就是好几年。而那些做了妈妈的姐妹们最爱聚在一起拉家常，说得最多的就是米妮阿姨在年轻时多受欢迎。后来，人们经常可以看到礼拜日的下午，她都会和一个银行出纳员一起坐着车在街上兜风。他大概四十岁，是个鳏夫，一副红光满面的样子，身上总散发着淡淡的发油味和酒味。他是这个小镇上第一个拥有汽车的人，那是一辆红色敞篷车。而米妮也成为了这个小镇上第一个拥有了专属兜风帽和兜风面纱的人。很快，在小镇上便传出了一些风言风语，大家都在说："可怜的米妮。"当然，也会出现别的声音，有人说："她已经不再是小孩子了，也该为自己的行为负责，好好管管自己了。"也是从那时起，她开始叮嘱她那些好姐妹们的孩子要叫她"表亲"而不是"阿姨"。

她陷入被指责私通的舆论风波是十二年前，那时，相距那个出纳员被调到孟菲斯的一家银行去工作已经八年有余了。每年圣诞节的时候，他才会从那边回到杰斐逊小镇上来，去河边参加一个打猎俱乐部一年一度的单身汉派对。每次他们一行人朝河边的派对走去，路过米妮家的时候，邻居们总会不厌其烦地掀开窗帘，偷偷打量他们，一副看热闹的样子。第二天，那些去参加派对的人总会去米妮家串门，永远都会故意在米妮面前提到那个出纳员，滔滔不绝地讲他的现状。他们说他现在是多么英俊潇洒、风流倜傥，又在城里混得多么风生水起，他现在已经完全发达了，赚了很多钱。他们边说着边偷偷打量米妮的脸色，米妮的脸上一直带着淡淡的微笑，但是掩盖不了笑容下那憔悴的面容。而且一般在那个时候，她的嘴里都能闻到一股没有消散的酒味，一个在冷饮店打工的年轻人经常会给她提供威士忌。那年轻人对别人是这样说的："是的呀，这酒就是我给那老姑娘买的，我寻思着她肯定也想找点儿乐子。"

如今，她母亲常年卧病不起，足不出户，家里那些大小事务都是由瘦弱的姨妈来操持。所以，在这么强烈的比较之下，米妮那几身光鲜亮丽的衣裙，还有每日的无所事事显得极其不真实。现在，她晚上都只和女性朋友、邻里熟人结伴去看电影。每一个午后，她都会挑一件新裙子穿上，然后独自一人到城里去，而她的"表亲"们早就在闹市的街上悠哉游哉地逛了大半天了。

她们一个两个都保养得当，头发如丝绸般顺滑、身材修长、胳膊细直、走起路来屁股一扭一扭的，却显得刻意又僵硬。她们或是手挽着手走在一起，或是和身边的男伴在冷饮店前打情骂俏，时而尖叫一声，时而咯咯地笑起来。米妮走过她们身边，径直走过鳞次栉比的店铺，路旁的男人们懒洋洋地倚靠在店门口，目光已经不再追随她的身影了。

三

理发师正快步赶向那边，大街上，被飞虫环绕的路灯稀稀落落地挂在死气沉沉的半空中，发出冷清而又刺眼的光芒。满天飞舞的风沙仿佛吞没了白昼，整个广场也在尘土的笼罩之下。那些尘土一时半会儿散不去，整个地方显得灰蒙蒙、黑黢黢的。穹顶就像是个铜钟内壁一般，目光所及皆是一片昏黄。月亮遥挂在东方的天际，时隐时现，但看起来有平时的两倍大。

当理发师终于追上迈克伦登和另外三人时，他们正准备坐上一辆停在巷子里的小车。迈克伦登歪着他沉重的脑袋，正从车顶棚下朝外面张望着。

"看来你改变了主意了呀。"他高兴又略带嘲讽地说道，"这可真是好极啦。明天镇上的人听到你今晚讲过的那些话……"

"好了，好了。"一个退伍军人打着圆场说道，"霍克萧还是一个明白事理的人啊。来吧，跳进来，上车，我们走。"

"维尔·梅耶斯真的不可能做这种事情的，伙计们。"理发师诚恳地说道，"如果真的有人做了这件事，那也绝对不可能是他。你们都很清楚我们镇上这些黑人的为人，要论品性，他们可比任何一个地方的黑人都要好得多。而且作为男人吧，你们也都清楚，女人总会对男人疑神疑鬼的，无缘无故，自找烦恼。而且无论如何，米妮小姐……"

"好啦，好啦。"退伍军人说，"我们也就是去找他谈谈而已，没什么别的意思。"

"有什么好谈的！"布琪说道，"等我们到那儿，马上把他……"

"够了！别再说了！"退伍军人怒喝道，"难不成你们想让镇上所有人……"

"这是什么话！天哪，就是要告诉他们不是吗！"迈克伦登说道，"我们就该让这镇上的每一个黑人都明白，只要他们胆敢对白人妇女……"

"咱们走吧，走吧，你们看，那儿还有辆车。"话音刚落，就听见远方传来一阵悠长而尖锐的声响，随后看见第二辆车从那一团团的沙尘中穿出来，出现在巷子口。迈克伦登随即发动引擎，作为头车开动了。尘土如同重重叠叠的迷雾一般飘浮在大街上，街灯就好似没在水中一样，泛着光晕。于是，他们一行人一起驶出了小镇。

他们在一条布满车轮印的小道上向着右边拐去，一路上尘土飞扬。在这个很久没有下过雨的地方，满眼可见的只有黄沙和尘土，干燥得吓人。夜幕之下，制冰厂就如同一个庞然大物一般伫立在远方，黑人梅耶斯在这个厂里当守夜人。"我们最好就在这里停下吧？"退伍军人提议道。迈克伦登并没有搭话，他一脚将油门猛地踩了下去，往前一冲，然后又使劲踩了下刹车，将车停下，前车灯的光笔直地打在前面的白墙上，映出一圈光晕。

"听我一句劝，兄弟们。"理发师又说着，"如果他真的就在这里，那说明他清清白白问心无愧，并没有做过那样的事情啊，对吧？如果真的是他做的，他早就跑了。你们又不是不懂这个道理。"说罢，第二辆车也开了过来，在他们旁边停了下来。迈克伦登打开车门下了车，布琪紧随其后也下了车。"听我说，兄弟们。"理发师说道。

"把灯关上。"迈克伦登命令道。瞬间，周围寂静的黑暗吞没了他们。四周除了他们的呼吸声，没有任何别的声音。这个地方已经有两个月没下雨了，周围都是盘踞不去的尘土，这让每个人的呼吸都变得沉重了起来。迈克伦登和布琪的脚步声渐渐地减弱。过了好一会儿从远处传来迈克伦登的声音："维尔！维尔！"

远处，东边的天空中，月亮慢慢爬上山脊，将空气和尘土都染上一层银灰色的光芒，仿佛它们是在一个装满铅水的锅里呼吸。四下里没有一点儿声音，没有虫鸣，没有鸟叫，万籁俱寂，只能听到人的呼吸声和汽车引擎冷却时金属收缩的声音。他们在车里挤在一起，身上大汗淋漓，只觉得彼此的汗都黏在一起了。"我的老天爷啊！"一个声音说道，"让我出去吧，我快受不了了。"

没有任何人应和他，大家都没有动。直到前方漆黑一片的地方隐隐约约传来一阵嘈杂声，他们才慢慢下去，在寂静的黑暗中紧张地等待着。很快，又有另外的声音传来，抽打声、嘶嘶的吐气声，还有迈克伦登压低嗓门的咒骂声。他们愣愣地站在那儿待了好长一段时间，随即像突然反应过来一般，拔腿朝那边跌跌撞撞地跑去，一副笨拙的样子。他们就像逃命一样地跑着，边跑边喊："杀了他！杀了他！"迈克伦登一把将他们推开。

"不要在这里。"他说，"先把他弄到车里再说。"

"杀了他，杀了这个黑人。"那个嘟嘟囔囔的声音在一旁没完没了地念叨着。一伙人将黑人一路往停车的地方拽，理发师一直都站在车边，见状，他只觉得自己浑身直冒冷汗，一阵阵的反胃感侵袭而来。

"到底是什么事情啊，各位长官们？"黑人问道，"我什么事也没有做啊。我向上帝发誓，约翰先生。"这时，有人亮出一副手铐。他们一起围着那个黑人一阵忙活，仿佛黑人只是立在他们中间的一根柱子。每个人都忙碌起来，聚精会神、安安静静，但是大家又都互相影响着，各自又都挡着别人，最后什么都没做成。黑人只好自觉地将手递给他们，让他们铐住。同时，他又睁大双眼，在这昏暗的光线中，将视线从一张脸移向另一张脸，不断打量着，但依旧看不清。"你们都是谁啊？长官们？"黑人边说边向前探出身子，直到站在他身旁的众人甚至能闻到他呼出来的气息和身上那股子汗臭味。随着他的凑近，有一两个人被他认了出来。

"我到底犯什么事了，约翰先生？"黑人迷茫地问道。

迈克伦登猛地将车门拉开。"进去！"他对着黑人大吼道。

黑人没有动，只是站在那儿，一副不卑不亢的样子："你们这些人到底准备对我做什么？约翰先生，我什么事情都没做，什么错都没犯。各位白人先生、长官们，我真的什么都没做啊，我发誓！我向上帝发誓！"话音刚落，他又叫出了另外一个人的名字。

"快给我滚进去！"迈克伦登这下真的生气了，他朝着黑人挥了一拳，打在他脸上。其他人都嘶嘶地吸了一口气，然后也跟着一起朝黑人胡乱地拳打脚踢了好一会儿。于是，黑人便转过身子，对着这群人破口大骂起来，他挥舞着被手铐铐住的双手，朝着他们这群人打了过去。手铐不小心将理发师的嘴划破了，结果理发师自己也没忍住，加入了这场拳打脚踢的混战中。

　　"快把他给我弄进去！"迈克伦登大吼着朝他们下了命令。他们一群人推搡着他，黑人这才安静下来，停止了挣扎，坐进了车里，安安静静地待在那儿，随后，大家各自找座位坐下。黑人坐在理发师和退伍军人的中间，抱着他的两条胳膊，好使自己不碰着他们的身体。他的眼珠子仍在飞快地转动着，前后左右，来来回回瞅着周围每个人的脸庞。布琪手抓着窗沿站在踏脚板上。车子开动了，理发师用手帕捂住了自己的嘴。

　　"霍克萧，你怎么了？"退伍军人问道。"没事的。"理发师回答道。汽车再次朝远离镇子的方向开去。第二辆车落在后头，被重重尘土淹没了。他们继续前进着，车子越开越快，离小镇越来越远，窗外的风景向后急急退去，直到镇里最后一排房屋都消失在了视野之中。

　　"天哪，他可真臭！"退伍军人抱怨道。

　　"一会儿让咱们治一治，他就不臭了。"坐在迈克伦登旁边副驾驶位置上的推销员调侃地说道。而在车外，正站在踏脚板上的布琪迎着扑面而来的热风和滚滚尘土破口大骂。车内，理发师突然将身子往前一探，用手碰了碰迈克伦登的胳膊。

"让我下车吧，约翰。"他说道。

"你直接跳下去吧，你这黑人养的。"迈克伦登头也不回地说道，他开得飞快。第二辆车渐渐追上来了，车头的灯光透过层层黄土照射过来，甚至有点儿晃眼。没过多久，迈克伦登将车开进一条年久失修、满是坑坑洼洼的小路上。路的尽头是一间已经废弃的砖窑厂，放眼望去，只见一座座红色的土丘和一个个长满杂草、被藤蔓盖住的洞穴。这个地方曾经是一片牧场，有一天，这里的农场主丢失了一头骡子。虽然他用了一根长长的杆子在洞里面仔仔细细、认认真真地戳了半天，但是始终没有够着这个洞穴的底部。

"约翰。"理发师又朝着他叫了一声。

"你那么想下去，那你跳啊。"迈克伦登鄙夷地说道，他顺着杂乱无章的车辙疾速狂奔起来。坐在理发师身边的黑人开口说话了："亨利先生。"

理发师的身子向前倾了一下。狭窄的路面以极快的速度逼近着，然后又迅速远离，就像是从已经熄灭的焚烧炉中喷射而出的空气一般，虽然没有那么炙热了，但也丧失了所有的生气。汽车又继续在这凹凸不平的地面上一路颠簸向前。

"亨利先生。"黑人又重复了一遍。

理发师已经开始拼命地推着车门了。"嘿！小心点儿！"退伍军人吓得赶忙想去制止，还没来得及，理发师已经将车门踹开了，他侧身一跨，站到了外面的踏脚板上。退伍军人连忙越过黑人，想伸手去抓他，但是理发师已经抢先纵身一跃，跳下车去了。汽车仍然在急速前行，一点儿减速的意思也没有。

由于车速太快，向前的推动力实在太猛，理发师被甩得老远，被推进了那满是尘土覆盖的杂草丛，掉进了沟里，一旁的尘灰也全被震飞了。干枯的草茎纷纷折断，发出轻微但很明显的脆裂声。理发师躺在地上，一阵阵地干呕。他一直躺到第二辆车从一旁匆匆开过，消失不见以后，才站起身来。他跛着脚慢慢走回公路上，掉转头朝着小镇的方向，一瘸一拐地走了过去，边走边拍打身上的沙土。月亮越爬越高，升到了头顶上，终于摆脱了尘沙的阴影。月亮的光辉渐渐倾洒了下来，杰斐逊小镇的灯火已经在风沙中依稀可见了，轮廓逐渐明朗。他跛着脚，一瘸一拐地前行，过了一会儿，他听见汽车的鸣笛声传来，灯光从他身后的尘土中穿出来，越来越晃眼。于是，他又走下公路，俯身卧倒在草丛中，想等着汽车开过。这一回，迈克伦登的车在后面，车里坐了四个人，布琪也没有站在外面的踏脚板上了。

汽车一路笔直地往前开着，冲进尘土堆中，一下就不见了，那明晃晃的灯光和轰隆隆的车声也跟着消失在了远方。被车子扬起的沙土在半空中滞浮了片刻，很快又和周围漂浮的尘土融在了一起。然后，理发师再一次爬上了大路，拖着跛着的那只脚向小镇缓慢走去。

四

那个礼拜六晚上，她精心地梳妆打扮，准备好好吃一顿晚餐。突然，她感觉身体很不舒服，浑身上下像发烧了一般。她的两只手不住地哆嗦，甚至系纽扣都很困难，连眼睛都在一阵阵发热，头发也干到快打结了，梳子划过时，有噼里啪啦的声响。还没来得及等到她将自己收拾妥当，朋友们就来了。她们只好坐在一旁，看着她一件件将自己最轻薄的内衣、长裤，还有那条最新的纱裙往身上套。"你身体没事了吗？能上街吗？"她们问她，眼眸里暗自闪着光泽，仿佛有什么心思在其中。"等你给自己一段时间，让自己缓过劲儿后，你得告诉我们到底发生了什么。他说过什么，做过什么，都仔细给我们讲一下吧。"

四人朝广场走去，但走着走着，她却像一个游泳健将即将入水之前要做热身活动一样，一下下地做着深呼吸，直到她不再颤抖了。朋友们见状也放慢了脚步，因为现在的温度实在太让人难以忍受了，同时也是出于对她的关心。但是，在她们快要走到广场时，她又开始觉得自己浑身打战了。她刻意将头骄傲地昂起来，双手攥成拳头放在身侧。朋友们的谈话已经变成喃喃声了，根本听不清楚，就和她们那忽闪忽闪的眼神一样，在耳旁萦绕，却又显得恍惚不清。

进入广场时，她走在中间，穿着一身新衣，显得那样的弱不禁风、状态很差。这么热的天气，街上的小孩都已经吃着冰激凌了，她却感觉自己浑身发冷，哆嗦得越来越厉害了，步子也越来越虚，哪怕只走一步都要耗费极大的力气。她的头仍旧高傲地抬起，眼睛冒着虚光，灼灼发亮，同她那张已经憔悴到形如枯槁的脸很不匹配。当她们路过旅馆时，有一群脱了外套的推销员沿街坐着，甚至还有人在椅子上扭过头来望着她，指手画脚地说："就是她，看见没有？就是那个在中间穿粉红色衣裳的女人。""就是她吗？他们最后把那黑人怎么样了呢？他们有没有把他……""当然啦。他可好着呢。""好？真的吗？""当然啦，甚至还带出去兜了回风呢。"接着，她们又走过药店，那些倚在门口的懒洋洋的年轻人用手指将帽檐支起来，目光紧紧地随着她的行进移动着。

不过，她们四人没有停下脚步。看见她们从眼前经过，周围的谈话声立刻戛然而止。绅士们都纷纷向她们行抬帽礼，人们没有说话，生怕惊扰了她。"你们瞧见了吗？"朋友们说道。她们把声线拉得很长，还伴着嘶嘶的出气声，似乎暗含着抑制不住的喜悦心情。她们小声说："这偌大的广场上竟然一个黑人也没有。天哪，一个都没有，真是难以置信。"

最后，她们终于到了那个像仙境一般的电影院。大厅里，灯光亮闪闪的，周围的墙壁上贴满那种描绘人间悲喜、命运变迁的彩色海报。

这时候，她的嘴角却又开始抽搐起来了，隐隐有种发麻的感觉。不过等到电影开始之后，周围的一切都处在黑暗中，她就又能好转起来了。她能忍着憋着，让自己不至于过早地把笑声浪费掉。所以，她赶在一旁齐齐转过来的面庞前加快了脚步，硬着头皮朝前走去，避免接触众人的目光。不过，她还是躲不过，一旁全是带着惊叹意味的窃窃私语。她们来到之前常去的老位子上落座，银幕亮白一片，将周围狭窄的过道映得发亮，年轻男女们成双结对地进入场内。

当灯光逐渐暗下来之后，幕布泛起银光，一幕幕生活的场景慢慢地展开，像是打开画卷一样，是那么美妙、热情，却又不失忧伤的气息。而在这不明不暗的光线中，依旧还有男男女女们陆续进来，甚至能闻得到他们身上散发出的香水味，听得见从他们嘴里发出的调笑声。他们那成双成对的背影显得那样轻盈、柔和，就像珍珠一般圆润且富有光泽。他们修长的身躯虽然步伐轻快，其中却暗含一种笨拙感，但不管怎么说，这就是青春啊！青春的活力就是这般鲜活。在他们身后，在荧幕的映衬下，那些银色的美梦，以一种不容反悔、连绵不绝的姿态向前推进。她突然大笑起来，在这种气氛的烘托下，她觉得这一切实在是太可笑了，她想要制止自己，却弄巧成拙，发出了更大的声响，惹得坐在前面的人们纷纷回头望向这边。她笑得停不下来，引得人们纷纷回头，朋友们只好将她搀扶起来，带着她走到电影院外面。她站在马路边，还是一直在扯着嗓子尖声狂笑着。直到出租车都来了，她还是没有任何停下来的迹象，朋友们只好将她塞进出租车里面。

等终于到家的时候，她已经笑得没有力气了，朋友们一起帮她将粉色纱裙脱下，又将她那轻薄的内衣和长袜也一起脱了下来。她们将她放在床上，又取了一些冰块过来，放在她的额头上，给她冰敷，想让她冷静一下，另一个朋友出去帮她叫了大夫。大夫一时半会儿到不了，朋友们没有办法，只好自己照料她。她们将她额头上的冰块重新换了一个，为她扇着扇了，时不时小声地叫她几句，让她清醒一点儿。冰块刚放在额头上的时候，还没有融化，她安静了下来，没有继续发笑，静静地躺在床上，时不时地呻吟一两声。但是没过多久，她又开始大笑起来，甚至笑得越来越猛，最终变得像在尖叫一样。

"嘘！嘘！"朋友们在一旁一直不断地低声哄着她，帮她更换头上的冰袋，抚摸着她的头发，希望她能够尽快安静下来。同时，她们又不忘睁大双眼仔细寻找她头上的白发。"哦！可怜的姑娘呀！"其中一个人叹气道。语毕，又立刻转向旁边的另一个人，问她说："你觉得真的出了什么事情吗？"她们的眼睛都亮闪闪的，空气中透出一股兴奋的味道，大家都激动不已，显得既诡异又有激情。"嘘！唉，可怜的姑娘啊！可怜的米妮！"

五

　　等迈克伦登回到他的新家时已经是凌晨了。那是一个整洁、崭新的家，墙上涂满了绿白相间的油漆，显得那么的清新、自然。他将车上了锁，走到前廊，推开门进去。他看见妻子正坐在台灯旁的椅子上，妻子一听到他回来的声音赶紧起身。迈克伦登停下脚步，两眼死死地瞪着他的妻子，吓得妻子都不敢抬眼看他。

　　"你自己看看那个钟，都已经几点了！"他呵斥道，挥舞着他的胳膊。她在他面前站着，一副小心翼翼的模样，低垂着头，手上紧紧地拽着一本杂志。她的面色非常苍白，整个人处于一种精神紧张、疲惫不堪的状态。"我难道没有告诉过你，让你不要这样三更半夜还坐在椅子上干等着我回家。"

　　"约翰。"她轻声说道，将手上的杂志放下。此时的迈克伦登正稳稳地站着，身上的汗水一股股往下淌。他瞪大双眼，死死地盯着他的妻子，两眼冒着熊熊的怒火。

　　"我是不是告诉过你？是不是？"他走向妻子，妻子听完他的话抬起了头。他紧紧地拽住她的肩膀，开口怒骂着。妻子只是呆呆地站在那儿望着他，好不容易鼓足勇气，才敢说出一句话来。

"不是的，约翰。是因为我睡不着……都怪这个鬼天气，太热了，求求你了，约翰，你把我都弄疼了。"

"我是不是跟你讲过？是不是告诉过你？"说罢，他便松开了手，半推半搡地将妻子摔到那把椅子上。妻子只能躺在那儿，一句话也说不出，直到迈克伦登的身影离开房间。

迈克伦登一边走着一边扯着自己身上的衬衣，想将它扯下来。他几步便穿过这间屋子，来到装有纱窗的后屋阳台上。他一个人阴沉沉地站在一片黑暗中，用手中的衬衣抹了抹脑袋和肩膀之后，就随意地扔到一旁了。紧接着，他从裤子后兜里将手枪拔出来，放在自己床头边的小桌上，然后一屁股坐在床上，把鞋子脱掉，又站起身将那黏糊糊的沾满汗渍的长裤也脱掉。就这一会儿的工夫，他又把自己弄得满身是汗。于是他又弯下腰，像野兽寻找猎物一般地四处搜寻刚刚被随手扔掉的衬衣。费了很大劲儿，终于找到衬衣之后，他又拿过来把自己上上下下、里里外外擦了个干净，然后将他那一丝不挂的身体往积满灰尘的纱窗上那么一靠，气喘吁吁地站了好一会儿。屋内外听不到一丁点儿动静，没有一丝声响，甚至连只小虫子也见不到。天空中挂着一弯冷月，星星也不再眨眼。那布满尘土的灰暗世界又回来了，仿佛是重病缠身一般，沉沉地陷入了一片死寂之中。夜，又宁静了。

献给爱米莉的一朵玫瑰花

一

爱米莉·格里尔森小姐逝世了，全镇的居民都前来哀悼。一座"纪念碑"倒塌了，男士们出于敬慕，自然要前来哀悼。不过，女士们大多数是出于好奇心，想要去她房子内部一探究竟。除了那位花匠兼厨师的忠诚老仆人外，这座房子至少有十年没有任何人踏入了。

这曾是一栋白色的大木屋，形状方正，坐落在全镇最讲究的街道上。它融合了十九世纪七十年代的设计风格，包括圆形屋顶、尖顶和带有涡形花纹的阳台，给人一种轻盈而优雅的感觉。然而，随着汽车和轧棉机等现代设备的出现，这条街道的庄严与优雅被彻底改变了。只有爱米莉·格里尔森小姐的屋子一如往昔，尽管四周环绕着棉花车和汽油泵。房子虽然破败了，但还是那副傲慢且桀骜不驯的样子。现在，爱米莉·格里尔森小姐逝世了，她加入了那些庄严名字的行列，长眠于雪松环绕的墓园，那里安息着南北战争时期，在杰弗森战役中牺牲的南北双方的无名士兵。

爱米莉小姐生前一直是传统与义务的典范，备受众人瞩目。自1894年起，这一形象更为显著，当时镇长沙多里斯上校——那位下达命令要求黑人女性外出必须佩戴围裙的官员——特别豁免了她应缴纳的税款，这一命令的期限从她父亲去世时开始，一直持续到她本人离世，这是全镇上下对她的共同责任。这并不意味着爱米莉愿意接受任何形式的施舍；实际情况是，沙多里斯上校编织了一套虚构的故事，称爱米莉的父亲曾向当地市政府提供了资金借贷，因此，市政府采取了这样一种方式作为债务清偿手段。这套说辞，只有沙多里斯那一代人以及思维方式与他相像的人才能想出来，也只有轻信谎言的女人才会接受。

当思想更为开明的新一代镇长和参议员上任后，这项安排引发了一些争议。元旦那天，他们给她寄去了一份纳税通知单。但二月份都过了，对方也没有给予任何回应。他们发出一封公函，邀请她到司法长官的办公室会面。七天后，镇长亲自写信给爱米莉，提出愿意亲自拜访或派车接她，但她回了一张便条，写在泛黄却精致的信纸上，字迹细小而工整，墨水已褪色变浅，便条大意是说她已多年不出门了。另外，纳税通知单被退还，里面未附任何意见。

参议员们为此召开了特别会议，并派出了一个代表团前往她的住所。他们按响了门铃，自她多年前停止教授瓷器彩绘课后，这扇门似乎就再也没有开启过。那位年迈的黑人男仆将他们引入昏暗的门厅，然后引他们上楼，进入更加昏暗的二楼。屋内弥漫着陈旧的气息，空气潮湿而沉闷，显然已很久无人居住。黑人带领他们进入客厅，室内的沉重家具都包着皮套。他打开了一扇百叶窗，这时，皮套的裂痕出现在人们的视线中了，非常扎眼；他们坐下时，微尘随之腾空而起，在温暖的阳光中缓缓地盘旋舞动。壁炉前的画架上，摆放着爱米莉父亲的炭笔画像，画架上的金色光泽也早已消逝。

她一踏进房间，便立即成为全场瞩目的焦点，所有人都站了起来。这位体型偏胖、身材娇小的女士，穿着一身黑色的裙装，一条纤细的金色表链自胸口缓缓垂落，一直落到腰间的皮带深处。她拄着一根镶金饰的乌木手杖蹒跚而行，那装饰已失去光泽，透出岁月的痕迹。她的身形矮小，兴许也正因如此，那些在他人身上合身的衣物，在她身上却显得过分宽大，略显累赘。她的面色异常，仿佛是一具久泡在静水中的尸体，浮肿而苍白。当来宾说明来意之后，她那双深藏于丰满脸颊、宛如嵌入面团中的煤球一般的小眼睛不停地转动着，时而审慎地扫视这一张面孔，时而又仔细研究另一张面孔。

她没有礼貌地请对方坐下来，只是站在门边，沉默地听发言代表将话结结巴巴地讲完。这时，所有人都听到了一阵来自金链末端的怀表发出的嘀嗒声。

她的声音十分冷酷，毫无情绪波动："在杰弗森，我没有纳税的义务。沙多里斯上校早已向我明确说明。或许你们中的一位可以查阅官方档案，以弄清楚事实。"

"我们确实查过档案，爱米莉小姐，我们代表政府前来。您没收到司法长官亲自签署的通知吗？"

"确实有一份通知送达，"爱米莉小姐回应，"或许他自称为司法长官……然而，我在杰弗森并无税款待缴。"

"但我们的记录并不支持这一说法，您能理解吧。我们应该遵循……"

　　"去询问沙多里斯上校吧。在杰弗森，我无须支付任何税款。"

　　"可是，爱米莉小姐——"

　　"去找沙多里斯上校。"（尽管众所周知，沙多里斯上校已离世近十年了。）

　　"我在此地无税可纳。托比！"随着她的呼唤，黑仆迅速现身。

　　"请这些先生们离开吧。"她毫不留情地下了逐客令。

二

　　她凭借压倒性的气势打败了对手，一如三十年前她面对有关异味的非议时，挫败了他们的父辈一样。那是她父亲逝世后的第二年，亦是她的爱人——众人原以为他们将步入婚姻的殿堂——离她而去的时候。父亲离世后，她鲜少公开露面；恋人离去后，她几乎在镇上销声匿迹。尽管有一些好奇心强烈的女性前去探访，却均被她拒之门外。她居所中出现的唯一的生命迹象，是一位年轻的黑人男性提着篮子进进出出的身影。

　　"似乎任何男性，不论身份，皆能将家务料理得井然有序。"妇女们私下议论。所以当那股气味日渐浓郁时，她们也并未表现出太多讶异。这是平民百姓与尊贵的格里尔森家族间又一微妙的联系。

　　一位邻家妇人向年逾八十的法官斯蒂芬斯申诉。

　　"可是夫人，您认为此事我有何应对之策？"他回应道。

　　"当然是让她消除那股气味，"妇人提议，"难道法律没有规定吗？"

　　"我并不认为有此必要，"法官斯蒂芬斯答道，"或许是她的黑仆在院中处理过蛇或老鼠。我会与他沟通的。"

第二天，斯蒂芬斯又收到了两起投诉，其中一起来自一位男士，他用温和的语气提出异议："法官，我们不能继续置之不理了。我本无意打扰爱米莉小姐，但我们必须寻得解决之道。"当晚，四位议员——三位资深成员与一名新晋的年轻人·起参加了会议。

"解决方案显而易见，"年轻人提议，"我们通知她清理住宅，并设定时限，否则……"

"先生，这样做很不妥。"法官斯蒂芬斯反问，"我们怎能如此直白地对一位贵妇说她家有异味？"

于是，第二天夜间，四个人悄悄穿过爱米莉小姐的草坪，如同夜盗一样绕着房屋潜行，他们贴着墙基与地窖通风口又闻又嗅。其中一个人从肩袋中掏出了什么，不断泼洒。他们打开地窖门，在那里和所有外屋里都撒上石灰。就在他们准备从草坪返回时，一扇先前黑着的窗户突然亮了起来，爱米莉小姐端坐其中，灯光勾勒出她如雕像般静谧而挺拔的身影。他们悄无声息地穿过草坪，消失在路旁洋槐树的暗影之中。数周后，那困扰众人的气味终于消散了。

此时，人们才真正开始同情起她来。小镇居民想起爱米莉小姐的姑祖母韦亚特太太晚年精神错乱的事，认为格里尔森家族都自视过高，不能正视自身境遇。爱米莉小姐及其家族对凡俗青年向来不屑一顾。长期以来，我们都将他们这个家族看作是一幅画：爱米莉小姐身姿曼妙，位于画面之后；她的父亲则手持马鞭，双腿分开，背对着女儿站在画面的前端。一扇敞开的门正好将二人框了起来。因此，当她接近三十岁仍未婚嫁，我们心里没有产生任何幸灾乐祸之情，反而觉得之前的想法得到了证实：那就是在她的家族中，真的存在精神错乱这一遗传疾病。不过若是真有良缘降临，她也不会轻易放过。

父亲去世后，传言她继承的财产仅有那栋住宅；这一点让人稍感慰藉，因为人们终于可以对她表示出同情了。孤身一人，境况拮据，她似乎变得更加亲和了。她也开始体会到生活中的悲喜得失，哪怕是微不足道的金钱变化。

她父亲去世后的第二天，按照镇上习俗，所有妇女都需要前往她家进行吊唁，并对她表达自己的哀思。爱米莉小姐在家门口迎接她们，她衣着如常，也没有表现出多少悲哀的神色。她坚称父亲并未离世。连续三天，无论是牧师还是医生都试图劝她面对现实，她都不为所动。正当他们考虑采取法律与强制措施时，她崩溃了，于是他们迅速安葬了她的父亲。

那时，我们还没说她已经精神失常了。我们更倾向于相信，那只是情感的暂时失控。我们还记得她父亲将她所有的追求者赶走时的场景，也明白她此刻一贫如洗，只有紧紧抓住那个占有了她一切的人，就好像所有人都会做的那样。

三

在经历了漫长的卧病之后，当她再次出现在众人视线中，形象已焕然一新，短发的造型让她看起来年轻了许多，与教堂彩窗上的天使像有着惊人的相似，神情中既含着一丝哀愁，又不失庄严之态。

就在她父亲去世的那年夏天，小镇政府开始铺设人行道，这项工程推进迅速。一支由黑人工人、骡子和机械设备组合而成的施工队伍入驻小镇，领头的是一个来自北方的汉子——荷默·伯隆。他身材魁梧，皮肤黝黑，声音响亮，精明能干，双眸比他的肤色还要浅淡。孩童们常常跟在他的身后，偷听他用粗鲁的语言责备黑人劳工，而那些黑人劳工则随着挖掘的节奏，哼着劳动号子。不久，荷默成了镇上的熟面孔，无论何时何地，只要哪里传来爽朗的笑声，哪里就一定有荷默的身影。接着，人们渐渐发现他与爱米莉小姐常常在星期天的午后，一同乘坐装饰着黄轮的轻便马车出游，那匹从马厩里精选出来的栗色马与马车十分相称，画面和谐而美好。

起初人们都以为爱米莉小姐终于找到了情感寄托，这令周围的人都为她感到欣慰，毕竟镇上的妇人们常说："格里尔森家族的人绝不可能真心接纳一个北方佬儿，一个按日计酬的工人。"然而，镇上的一些老人则持有不同看法，他们相信，真正高贵的人即使再悲伤也不会遗忘所谓的"高贵举止"，尽管他们并不会用"高贵"这样的字眼儿来形容她们的行为举止。他们只是惋惜："可怜的爱米莉啊，她的亲戚怎么不来照顾她呢？"事实上，她在亚拉巴马的确有亲戚，但多年前由于一场产权争执，双方关系破裂，从此不再往来，以至于她的葬礼上都没有任何亲戚的身影。

每当老一辈提起"可怜的爱米莉"，总是以耳语交流，互问道："你也是这么想的吗？""除了这个，还能有什么其他解释吗？"他们捂着嘴，压低声音交谈。

她始终高昂着头，即使在众人揣测她陷入道德泥潭之时，她也依然如此，仿佛她迫切需要来自外界的认可。认可她保住了作为格里尔森家族最后传人的尊严。

当然，这份尊严需要通过与尘世的碰撞来强化她那不可动摇的个性。比如，她购买老鼠药的事情。那是在镇上的人开始谈论"可怜的爱米莉"之后一年多，她的两位堂姐妹恰好前来探望。

"我想买点儿毒药。"她对药剂师说，那时她已步入三十岁的门槛，但仍旧体态纤细，甚至较从前更加消瘦，那双漆黑的眼中透露出冷漠与傲气，面部因太阳穴和眼窝凹陷而显得紧绷，表情如同灯塔守护者般坚毅。

"毒药，我要买毒药。"她重复道。

"明白了，爱米莉小姐。您需要哪一种？是对付老鼠之类的小动物吗？那么，我建议……"

"我想要你们这里效果最强的毒药，种类不重要。"她打断了药剂师。

药剂师迅速列了几种："这些药物能置任何生物于死地，包括大象。但您确定……"

"我确定我需要。"她明确回答。

药剂师低头看了她一眼，她则直视回去，身体挺得笔直，面部线条紧绷，像一面张力十足的旗帜。"哦，当然，"药剂师回应，"如果您确定需要这种毒药。不过，按照法律，我必须询问您的用途。"

爱米莉小姐只是凝视着他，头轻轻后仰，确保自己的目光能与药剂师直接交汇，直到他避开视线，转身准备将药物包好。一位黑人搬运工将包裹递给她，药剂师并未再次出现。回家后，她打开包裹，只见盒子的骷髅图案下标示着："仅供杀鼠使用。"

四

自此之后，人们暗自揣测："或许她会选择自我了结。"有人认为，对她而言这兴许是最体面的结局。初次目睹她与荷默·伯隆并肩同行时，人们的言论转为："她大概打算嫁给他。"随后又添上一句："她得设法说服他才行。"因为荷默曾明确表示过自己无意步入婚姻殿堂，而大家也曾看到过他常在麋鹿俱乐部与众青年开怀畅饮。每逢周末，二人乘着那辆装饰华丽的轻便马车缓缓驶过——爱米莉小姐高昂着头颅，荷默则帽檐倾斜，口中叼着雪茄，戴着手套的黄手紧握缰绳与鞭子——人们在窗帘的遮蔽下感叹道："可怜的爱米莉。"

时光推移，部分妇女开始指责，认为这是整个小镇的耻辱，对青年一代造成了不良示范。男性居民虽不愿插手，但在妇女们的坚持下，浸礼会的牧师——尽管爱米莉一家属于圣公会——被派遣前往她家探访。牧师未曾透露他们之间交谈的细节，也未再进行第二次访问。当这对伴侣在下一个礼拜日重现街头时，牧师的妻子随即提笔，向爱米莉位于亚拉巴马的亲戚写了一封信。

人们没想到，原来爱米莉还有近亲在，于是便静观事态将会如何发展。起初一切风平浪静，继而有确凿消息传来，爱米莉和荷默婚期将近。传闻爱米莉曾赴珠宝店定制了一套银质男士洗漱用品，每件均镌刻着"荷·伯"的字样。旋即又有消息传来，她购置了全套男式服饰，含睡衣在内，于是我们推测："他们或许已经结婚了。"人们对此感到高兴，当然我们高兴的部分原因在于，相较于爱米莉，她的两位堂姐显然更具格里尔森家族的气度。

因此，当荷默·伯隆在道路铺设工作完成后离开镇上，我们并不惊讶，只是对他没有正式告别略感遗憾。我们坚信，他离去只是为了筹备迎娶爱米莉的种种事宜，或是给她机会打发走那对堂姐妹——此时，镇民们几乎都站在爱米莉一边，暗中助她摆脱这对不受欢迎的亲属。果不其然，一周后，她们离开了。而我们翘首期盼的荷默·伯隆，也在不久之后重返小镇。有邻居亲眼看见，那名黑人在一天的黄昏时分为他打开了厨房门。

至此，我们与荷默·伯隆的交集彻底画上了句号。至于爱米莉小姐，则有一段时日未露面。虽然我们能看见那个黑仆手持购物篮进进出出，但她的前门却始终紧闭着。偶尔，她的身影会在窗边掠过，如同撒石灰之夜那般神秘，直至六个月后，她才再次踏入公众视野。对此，我们并不感到意外；其父性格中的顽固与乖张，曾令她的生活波折重重，而今，这股力量似乎过于强大，即使死亡也不能让其消失。

等我们再见到爱米莉小姐时，她已略显丰腴，发丝亦渐染霜白。之后的几年，她的发色越来越灰白，最后定格为铁灰色，直到她七十四岁辞世时，也依然如此，看起来像一位充满活力的男子。

自那以后，她的大门便一直紧闭着，除了她四十岁至四十六七岁之间的六七年，那时她开设了瓷器彩绘课程。她在底楼腾出一间房作临时画室，沙多里斯上校的同辈们纷纷带着自家的女儿与孙女前来学艺。她们遵时守纪，态度虔诚，犹如每个礼拜天被送往教堂，并带着二十五美分准备捐献一般。此间，她的税收得到了豁免。

时光流转，新一代逐渐成为镇上的主流，那些曾在爱米莉小姐指导下握笔蘸彩的少女也长大成人，渐渐离开了，她们没有让自己的孩子继续携带着画笔前往爱米莉小姐的寓所学习，随着最后一个学生的离去，那扇门便永远合上了。待镇上推行免费邮件服务之时，唯独爱米莉小姐拒不在宅门前设置金属名牌和邮筒，对此项变革置若罔闻。

我们看着那位老仆的发丝渐渐变白，脊背日益弯曲，依旧提着菜篮进进出出。每至年末，我们例行寄出纳税通知单，却总被原封不动地退回。偶有几次，我们透过一楼的窗棂瞥见她的身影，静穆如供奉于神龛的雕像，无从知晓她是否正默默凝视着外界。一年又一年，她一如既往地保持着那份不可触及的尊贵与宁静，她的特立独行与执着成了镇上人解不开的谜团。

最终，她在一个积满灰尘、气氛阴郁的屋中与世长辞，身边仅有那位年迈的黑仆照料。我们甚至连她病了都全然不知，也早已放弃从这位沉默寡言的仆人口中打听信息。他跟任何人都没说过话，我们猜测他甚至和爱米莉小姐都很少交流，长久的沉默似乎使他的嗓子变得嘶哑而生疏。

她生前想过什么，她有什么遗憾吗？这些问题，我们全然不知。

她总是保持着那份不可触及的尊贵与宁静，让人无法窥探她内心的世界。

关于她和她家族的故事，总是被人们津津乐道。很难想象，一个人去世之后，关于她的争论还会继续下去，甚至愈演愈烈。但无论如何，她已经离开了。

她躺在那张厚重的核桃木床上，床帘低垂，仿佛与世隔绝。她的头轻轻倚在因年深日久又缺乏光照而泛黄的枕头上，留下一片斑驳的痕迹，仿佛是岁月在她身上留下的最后印记。

五

在爱米莉小姐的葬礼上，黑仆将首批抵达的女性吊唁者引领至前门，她们压低嗓音，以好奇的目光飞快扫视着周遭。这位仆人旋即隐没于大屋深处，然后从后门离去，自此再无踪迹。他的离去似乎预示着这栋老宅的沉寂，就像爱米莉小姐的生活一样，充满了未解之谜。

爱米莉的两位远亲火速赶来，第二天就紧锣密鼓地举行了葬礼。全镇居民纷至沓来，只为瞻仰那被鲜花簇拥的遗体。她的遗体上方挂着一幅父亲的炭笔肖像，面容深邃，仿佛沉浸在冥思之中。女士们悄悄讨论着死亡的种种，而那些年迈的绅士——其中不乏身着整洁南方联盟军制服者——则在走廊和草坪上追忆爱米莉的生平，仿佛她与他们同龄，甚至还相信曾与她共舞，向她倾诉爱意，他们将时间线揉成一团，混淆了过往与现实，这正是老者的常态。对他们而言，过往的时光并非一条日益狭窄的小径，而是一片广阔无垠、四季不衰的草原，只是最近十年，才如同瓶颈般，将他们与那个时代隔离。

众所周知，宅邸顶层有一间密室，长达四十年无人涉足，唯有用撬锁才能打开。直到爱米莉小姐入土为安，人们才试着揭开它的秘密。

门一下子被打开，扬起一阵灰尘。这间装饰得好似新婚套房的房间，弥漫着一股仿佛墓室的淡淡阴郁：褪色的玫瑰窗帘，同色系的灯罩，陈旧的梳妆台旁摆放着一列精致的水晶器皿和底部是白银的男士洗漱用品，白银已失去光泽，就连镌刻的姓名首字母也模糊不清。散落的物品中有一条领带，仿佛刚刚被人摘下，轻轻拿起它时，在桌面上的积灰中留下了淡淡的半月形印迹。椅子上，一套衣物被仔细折叠摆放；椅子腿边，有两只孤寂的鞋子与一双被遗弃的袜子。

而那位男士，静静地躺在床上。人们站了很久，凝视着那张无肉的脸上难以解读的诡异笑容。那躯体保持着生前拥抱他人的姿态，然而，超越了爱情、历经岁月熬炼的永恒沉眠已令他归于平静。他的肉体在破旧的睡衣下腐败，与床板紧密相连，融为一体。他身上以及枕畔，均匀地覆盖着岁月积累的尘埃。

随后，我们留意到邻近枕头上的凹陷，似乎有人头长年倚靠的痕迹。有人从枕边拾起了一件东西，众人围拢过来，此时，一抹淡淡的、干瘪且带有霉味的气息扑面而来——那是一束铁灰色的长发。